在往事里走动的人

韩浩月 著

中国出版集团 现代出版社

序：有了心事的人，就有了往事

"往事"是个书面词汇，人们很少在日常生活中说出"往事"这两个字，但往事的确时常会出现在大家的交谈中，只不过有替代的用语，比如"过去""从前""曾经""小时候"……

"往事"是个令人心动的字眼，在纸页上读到、在歌曲中唱到时，"往事"都能迅速营造出一种情境，激发出一种情绪。那种情绪弥漫在心头，扩散到脸庞，冲击到眼眶，整个人便随之柔和、惆怅起来。可见往事是有能量的，那是一种被积蓄、被沉淀的能量，随时在寻找出口，一旦被它吸引，就会让人坠入其中。

到了一定年龄的人，才有往事。我曾在十多岁的时候提及往事，便因此遭到了耻笑："小小年纪，何来往事？"那一刻，我面红耳赤，此后很长一段时间不敢再触碰这个词。但我永远记得第一次说出"往事"的那个下午，我热血沸腾，内心汹涌澎湃，随后却是无限的寂寞，连院子里的树影都饱含失落的味道。

杨德昌的电影《一一》对此情形有过描述，电影结尾时那个名字叫洋洋的孩子说："我才七岁，但我觉得我老了。"听到这句台词时，我释然了——七岁的人，也是可以有往事的。或者说，无论年龄大小，有了心事的人，就有了往事。心事翻滚，便有了叠峦，有了云壑，有了深沟，有了车辙……往事便有了具体的形状、色彩和滋味。

在往事的构成中占很大比例的，不是事，而是人。所谓经历了多少事，实质是接触了多少人。有的人擦肩而过，从此陌路；有的人深深驻扎，久久难忘。事是可以过去的，过不去的只有人。不信的话，你可以尝试忆起往事，浮现于脑海的往往是面孔，而非事件。

人在往事中，亦有起伏。往事如层林叠翠，莽莽苍苍，而风的强弱决定了林海涛声的大小。风大的时候，往事中的人就忽然被推到了你的眼前，与你撞个满怀。有时候，我们会在某个饭摊上，看到有人独自端着啤酒杯出神，忘了喝下去——或许是他在平行时空中遇到了往事中人，一时恍惚，产生了想与之碰杯却难觅影踪的怅惘吧。

从往事中走出，如同穿过人海。距离拉开之后，这边孑然而立，那边一片静寂。人终将是走向孤独的吗？如果是，为何又常常回头在人海中寻找那些熟悉的面孔？人海中的他们都是动态的，有的正向时光更深处走去，只留下背影；有的埋首原地，努力地生活；也有人转身或抬起头来，带着温暖的笑容，寻找与你视线对接的瞬间。如果不用分别，那该有多好？那样就不再有往事，彼此热爱的人，就会时刻在火热的现实中被锻造，被重塑。

往事如风、如云、如烟、如梦……在我看来，那些在往事里走动的人，也拥有我的一部分陪伴着他们；而现实中的我，也同样带着他们的一部分在生活。当我有了这样的认知之后，那些通常被形容为遥远的、缥缈的往事忽然清晰、具体了起来。人不能总活在往事当中，可要是没了往事作为注脚，人也许会失去出处、根基与故乡。

《在往事里走动的人》，是一个盘桓许久定下的书名。这本新书保留了更多对人的纪念、回忆，也有与人在当下的交往、互动。这仍然是一本以故乡与亲人为主题的书，愿时间的沉淀，能够为书里的人与事镀上更多暖色。感谢本书策划编辑傅兴文和责任编辑毕椿岚，为本书出版所付出的心血与努力。

韩浩月

二〇二四年晚秋

目录

上辑　旋转的陀螺

从祖辈到父辈再到我辈，三代人在这人世间始终都如陀螺一样奋力地、疲劳地、无奈地旋转着，我想让这枚生命当中无形存在的陀螺停止旋转，哪怕倾斜倒立一边。

003 / 父亲看油菜花去了
011 / 母亲在远方
019 / 从天而降的母亲
024 / 爷爷这一生
032 / 奶奶的葬礼
042 / 故乡守墓人
051 / 他是世间一枚笨拙的陀螺
056 / 六叔，他是传奇
066 / 屠夫与诗人
077 / 两个酒鬼的故事
083 / 在艰难的日子里哭出声来
093 / 坐绿皮火车去参加三弟的婚礼
100 / 我妹艳玲
105 / 我们缓缓前行，他知道无须急促

下辑　遥远的风筝

因为不真实,我曾一次次在故乡被打回原形。这次好了,这是真正的原形,是你认识了快三十年的朋友。愿回故乡时还是少年,我争取做到,尽管胸腔里藏着的,是一颗逐渐变得迟钝起来的中年心脏。

111 / 我怎么成了家乡的游客?
114 / 回乡十日
132 / 少年王成
144 / 夏日之城
155 / 曾和我一起晃荡的少年朋友
160 / 缝缝补补的故乡
167 / 如果故乡不能给你安慰,异乡就更不能
176 / 带你回故乡
188 / 给某某的信,兼致故乡

199 / 跋一:故乡是杯烈酒
202 / 跋二:面对故乡,沉默就好

上辑 旋转的陀螺

父亲看油菜花去了

对父亲唯一的记忆

父亲大约去世于一九八〇年的某一个季节，那个季节可能是春天。

不要怪我说得如此含糊。因为父亲的离世，导致我童年与数字有关的一切均发生了紊乱：父亲的去世纪念日，我具体的生日，父母结婚的日子……青少年时期由于忌讳谈论这些话题，没有去确认与父亲相关的一些年份数字，到现在，记得与父亲相关这些数字的人也都已忘却，想要找回却无法找回了。

父亲去世那年我大约四岁，也可能是五岁。父亲自然是陪伴过我一段时日的，于是也曾错觉——父亲曾像别人的爸爸那样，把我举过肩头，带我走街串巷，从口袋里掏出卷曲的旧钞票给我买糖葫芦……

但随着时间的推移，那些曾被我写出来过与父亲的有关记忆，逐渐被证实只不过是青少年时期臆想的延续。比如，父亲从田里回来，带回一兜甜甜的荸荠；傍晚的时候，我们一家三口在屋檐下吃饭，收音机里播放着评书。现在想来，这些画面不过是为了证实父亲曾在我生活里真实地出现过，而把别处得来的画面进行了嫁接。

事实上，对父亲唯一清晰的记忆，来自他去世前数天的一个昏黄的下午。父亲的脸色苍白，他在久久失去意识后偶尔清醒，无比艰难地要求（我猜他那会儿拼尽了全身的力气）让我到他身边。我的叔叔们和姑姑一阵呼喊，把不知道躲在哪个角落的我抓过来塞到父亲面前。父亲看清了我，想说话却说不出口，只是用手把一瓣橘子放在我嘴里——那是瓣冰凉、苦涩的橘子，至今我还记得那味道。

五六岁的我并不知道恐惧，面对将要离世的父亲表现出完全不属于一个孩子的理性与清醒，可内心有一个声音在反反复复地提醒我："记住他，记住他的样子，别忘记，别忘了他……"于是，父亲喂我橘子，便成了我心中经得起岁月侵蚀的画面。在父亲去世的那一刻，命运的洪流从我脑海席卷而过，与父亲有关的一切都消失了，唯有父亲喂我橘子的画面，如同灾后的遗产，倔强地矗立在那里。

父亲的消失

我的手里没有保留任何一张与父亲有关的照片。某天早晨醒来，我看到母亲坐在堂屋的门槛上，用剪刀一点点地把父亲从我们的家庭合影中剪去。母亲说："他把我们扔下了，我们也不要他了。"

即便在我的童年逻辑里，这也是不成立的事情。但对母亲的说法，我不敢反抗，只是不去配合她去销毁那些照片。在农村，与去世之人有关的一切物品——睡过的床、穿过的衣服等，都是要烧掉的。如果放弃父亲在这个世界上的影像，是为了我们以后能够好好地生活，那么，母亲的做法，或许也是对的。

母亲在生下我第二个妹妹后，要做结扎手术。母亲怕疼，父亲就替母亲挨了这一刀，做了男性结扎手术。这一刀之后，父亲躺在床上就再没起来过。先是手术感染，后又查出身体别的症状，在熬过了"三年困难时期"之后，父亲没有等来他的好日子。在家里可以每天都能够吃到小麦煎饼和白面馒头的时候，父亲告别了他短暂的人生。按照我的年龄推算，他享年二十八岁，或者二十九岁。

在我过了二十九岁那一年，心头有了一个想法："此后的每一年，都是多出来的，因为我的父亲没有活过三十岁，我要替他好好地活。"

父亲去世那一天，母亲无比痛苦，那种痛苦无法用笔墨形容，那是一个女人失去她在这个世界上唯一支撑之后的绝望。这种痛苦会带来恨，因为恨比怀念更长久。所以，我理解母亲，她把父亲的照片找出来，剪成一片一片，是恨；再放在一个瓷盆里烧掉，是要忘记。

在一种情感模式里,忘记一个人,去好好地生活,这是生者的希望,如果逝者可以说话,那也应是逝者的愿望。

他看油菜花去了

父亲并非患绝症去世,他的病症在今天如果及时去医院的话,会很容易得到控制并治愈。父亲当时也不是没去过医院,只是,他是在拖了许久之后才去的医院,在医院没住几天,就忙慌着要求出院。从村庄到县城医院,有三十多公里路,几番折腾,父亲承受不住了。

我在亲人后来诸多的言谈中逐渐拼出了父亲去世的真相。奶奶每次谈到父亲的去世都会泪流不止,她也是最有胆量去批判的人,她会去咒骂爷爷:"为什么你不拿钱去救他?!"爷爷会唉声叹气,他有六个儿子和一个女儿要养活,在村里孤立无援,一家人连饭都吃不饱,借来的钱不够住三天的医院,他去咒骂谁呢?

倔强的父亲不肯在医院待下去。他要回到自己用泥坯砖一块一块搭起来的房子里躺着,他不想看到三弟、四弟一去医院就号啕大哭一场。他勉力拿出大哥的样子,以为靠自己的意志能斗得过身体的衰弱。

每每亲人在谈论父亲的时候,我内心总有一句话想问:"你们为他做过什么?"但直到现在,这句话都没有向任何一个人问过。人的命,有时候的确经不住这么一问,没有人会给你一个让你释然的答案。

我想这么问,是因为我知道,如果这个家庭,可以拼尽全力去救父亲的话,父亲现在是有可能仍然好好地活在这个世上的。在最关键的时刻,并没有人拼尽全力。

为了不再去住院,父亲选择了信教。据传说,很多人通过信教连不治之症都治愈了。父亲和他的亲人都选择了自欺欺人。

父亲康复的"神话"险些变成了真的。那年春天,院子里的人奔走相告,说父亲可以起床了,他去田野里了,正是油菜花开得最好的时候,等他看完油菜花回来,心情好,再吃上一顿饱饭,他就真的像以前那样可以拿棍子教训不听话的弟弟们了。

可看完油菜花之后的第二天,父亲就处在了濒危的状态。人们把他去田野里散步的那段时光,形容为"回光返照"。

每每想到父亲,心里充满愤懑和痛苦的时候,我就要强行在脑海里,把父亲切换到他去田野里的画面。我没亲眼见到他去看油菜花,但在想象中,会觉得父亲走在和煦的春风里,脚下是松软湿润的田埂,他放眼望去,是一片生机勃勃的油菜花,那会儿,他久病积郁的内心,会变得明亮许多。不知道那一刻他的愿望中,刻画过什么……

寻找父亲

除了一堆黄土，这个世界再无与父亲有关的任何物质。他造的房子被卖掉，推倒重建了；他用过的家具消失无踪了；他所有的个人物品无人保存，连一张记载他的纸片也不存在。

我年轻时，有段时间执着于寻找父亲，没有别的办法，只有和我的几个叔叔谈论父亲，用他们讲的父亲的故事，来拼凑出父亲的样子。

我问二叔，我父亲是什么样的人？二叔说："我们刚去大埠子的时候，没有住的地方，你父亲带着我们弟兄几个，把黄泥踩烂，加上稻草，做成土坯，一点一点垒成房子，垒起一间又一间，我们家里八九口人，每人都有了一间房子。你爹结婚后，就出去另盖房子了。"

三叔对我父亲感情最深，可听三叔说，父亲揍他揍得最狠。他说："你爹揍人揍得狠，谁不听话就揍谁，几个兄弟没有不怕你爹的，他说东没人敢说西。有一次我和你四叔在小学校打篮球，不小心把你四叔的鼻子打破了，你爹拿一块红砖一砖把我拍晕了。可兄弟几个都服气你爹，因为他不会无缘无故打人。"

四叔说："我们小时候，家里没有粮食吃，你爹带着我们兄弟几个，去田野里偷豆子吃，青青的豆子还没有成熟，我们趴在田埂里，怕被村里的干部逮到。等到每个人都吃饱了没成熟的豆子，才敢悄悄地回家，回家喝了凉水，每个人都拉肚子。可要是没有你爹带我们兄弟几个偷青豆子吃，我们早就饿死了。"

五叔说："你父亲太能了，他初中毕业，是村里最有文化的人，才刚十七岁的年纪，就当了大队会计，村里有什么邻里纷争，解决不了的时候，都会找你父亲来说理。再大的矛盾，你父亲说几句话就化解了，村里人都服气。他十七岁，可村里七十岁的老人都服他。"

我也想和六叔谈论他的大哥，我的父亲。六叔年龄只比我大四岁，我父亲去世的时候六叔也是小孩子。我在和六叔一起杀猪混生活的时候，每次六叔喝酒喝醉了都会哭着说想他的大哥，说他大哥如果在的话，我们的日子就不会这么苦。

那段时间，我真的很想更多一些知道带我来世间的这个人。亲人的描述，让我知道了，虽然他的样子看上去柔弱，但他的性格脾气并不好，这样也好，这是一个真实的父亲形象，不是被美化出来的。

说来也怪，我在梦里梦到过许多人，但就是从来没有梦到过父亲，一次也没有。有时候午夜噩梦醒来，会突然间想这个问题，想不通。

像父亲那样

我成了两个孩子的父亲。大孩子是个男孩，小时候顽皮，长大了安静、理性、内向；小孩子是个女儿，无比乖巧，也幽默、伶俐。陪着他们长大，我觉得自己还算是个不错的父亲。

我和父亲在这个世界上的缘分很短，可从小至今，我却从来没有缺乏父爱的感觉。反而，觉得父亲的爱并没有随着时间的推移而消失，仿佛他的爱在某一个地方，源源不断地被我接收到，并转化为我对自己孩子的爱。

两个孩子都喜欢听我讲我小时候的故事，偶尔我也会讲到他们爷爷的故事。关于爷爷的故事，总是很短，刚开始就戛然而止，但他们仿佛能听懂，也从不追问。

我竭力想要变成父亲希望我变成的样子，尽管我并不知道在他心目中，长大成家之后的我该是什么样子。

我努力地打磨掉性格里的急躁，去除内心的不安全感，把自己变得自信一点，在生活的荒诞与苦难面前，一直没有退缩，只因为确信，父亲会希望我这样。

父亲已经离开我太久太久了，但依靠那个唯一的他喂我吃橘子的画面，我与父亲的联系并没有消失。

有许多个清晨，醒来拉开窗帘看到外面清亮的阳光、听到鸟鸣、感受到微风、内心充满喜悦的时候，内心会有一个声音说，父亲，我知道，这是由于你的缘故。

母亲在远方

1

手机来电。来电人的名字显示只有一个字,"娘"。

我用手机二十多年了,母亲打来的电话不超过五次。她换了号码,也不会告诉我。每每打开通讯录,看到"娘"这个字眼,会猜测她的号码会不会又因为欠费或者别的什么原因失效,变成了别人的号码。

母亲的新手机号,总是妹妹转给我。这些年,更新了母亲的手机号好几次,但每次更新后,都不会打过去验证一下,那边接电话的是不是她。

总听人说,手机拉近了人的距离,可我一直觉得,母亲一直在远方,离我很远很远。我们之间,隔着长长的大路,隔着漫天的大雾。

这次母亲打来电话,说村子里邻居的孩子得了绝症,在北京住院,问我认不认识什么"大老板",能不能给资助点住院费。我又急又气，急的是我根本不认识什么"大老板"，就算是认识，也根本不可能跟人开口要钱。气的是，母亲好不容易打一次电话，说的事情竟和我们母子无关。

2

我们的家，在我童年时就已破碎。父亲去世后不到一年，母亲改嫁。在漫长的一段时间里，我一直认为，母亲是因为对我失望透顶才离开的。

记忆里清晰地记得，有一天晚上，母亲和我从村南姥姥的家回村北我们的家，姥姥送母亲。乡村夜晚的月亮明晃晃地照在土路上，路两边的树因为过于高大而显得有些阴森，姥姥对母亲说："看看你背后这孩子，一辈子没出息的样。"我在后面几米，但还是听到了。我希望母亲能反驳一下姥姥，但母亲只是叹了口气。

青少年时代，我一直用十分理想化的思维去想象母亲的生存，比如大家族里，人人都愿意帮助她抚养孩子，农忙的时候可以帮她分担劳动。正是这种错觉，使我在很长一段时间里误会着母亲，再加上来自周边的仇恨教育，让我想到母亲就会陷进绝望当中。

一直等到很久以后，我才慢慢理解，母亲改嫁，并非很多人想的那么简单。她一个人带三个孩子，承受着巨大的压力，在家族内部，因为诸多至今未解的原因，她常和其他长辈、同辈发生激烈的争吵，有时还不免动起手来，一定程度上说，她也是迫于无奈而走。

等我长大成人,也掉进家族的泥潭左右拔不出脚的时候,才能更真切地体会到母亲当年的艰难。

3

由于我的年少无知,使母亲在家族里的艰难处境雪上加霜。

有一次,我点燃了爷爷家的草垛。爷爷家的屋外,紧挨着墙根,有一个巨大的草垛,每每路过它,我就会产生些奇异的想法,比如忍不住想要知道,火苗会不会从它的中间穿过,烧出一个通道,我可不可以从这个通道爬过去,穿越到另外一个世界。

想着想着,好奇心就强烈起来。终于在一天下午,我颤抖着手划着了火柴,点燃了那个草垛。一根渺小的、不起眼的火柴,在与麦草接触之后,竟然会发生那么大的反应。

先是小范围地燃烧,等到我因惊惧而目瞪口呆的时候,火苗已经不可控地变成火球,后又放大为恶魔般扑来的火势。漂亮的通道没出现,我在大火吞噬我自己之前逃之夭夭。

此后如何收场,我脑中一片空白,我失忆了。

母亲没有打我骂我,只是几天之后跟我说:"去你爷爷家看看吧。"

我沉默不语。

母亲说:"没事的,你是小孩子,如果有人打你,我去找他们。"

有了这个承诺,我迈着沉重的步子,一步一步走向爷爷家。

爷爷家的门口,是一个怎样灾难性的画面啊,整个草垛变成了一堆灰烬,地面上是草灰与灰黑色的水汪,房屋的土墙壁,被熏烧得一片乌黑。每一个看到我的人,都默默转过身去,眼神让人战栗。

有个叔叔走了过来,冷着脸对我说:"你知不知道,就差一点,你把这一排房子全烧了。"那排泥坯草房,是父亲带着五个兄弟花了一个夏天建起来的。

我站在草灰边上,宛若站在世界尽头,想要放声大哭,却哭不出声音,哭不出眼泪。生命里仿佛有些东西,伴随着这草垛一起燃烧掉了。

4

还有一次,是我偷了母亲的钱。

大约是小学二年级的时候,我在午睡的当口儿,带着最好的朋友,来到了村里的供销社,掏出五元面值的人民币,来买水果硬糖——请客,我在同学们羡慕的眼光里,沾沾自喜。

没想到,供销社的老头,在我们刚刚返回学校后,就去家里跟母亲告了状。那张五元面值的人民币,对于孩子来说,是一笔巨款,对于一个家庭来说,也是一笔数目不小的钱。

我把母亲的三十五元都藏了起来,藏在客厅桌子抽屉的底下。偷藏的动机是,可以花掉这笔钱,买一个孩子所有想要买的东西。但我并不知道,这三十五元是母亲所有的存款,我们家的家底子。

失去这笔钱的母亲哭泣了三四天,她哭得越伤心,我就越不敢承认自己拿了这笔钱。

母亲问我:"到底是谁偷了我的钱?到底是谁?"

直到供销社的老头告发了我,她心里的一块石头才落了地——找回这笔钱剩余还没被花掉的三十元,母亲可以不哭了。

许多年后我才明白了这个事情带来的灾难性后果,母亲因为这件事情,和大家庭里的许多人吵了架,她觉得是别的什么人偷了这笔钱,却没想到"家贼难防"。

我一直觉得,是因为这件事,母亲对我彻底失望了——这件事带来的内疚感,远远超过其他一切事件加在一起所造成的创伤。

一直到现在,我都不敢和母亲谈这件事情。

5

我随爷爷的整个家族迁往县城之后,彻底和母亲失去了联系。有七八年的时间,我们之间音信皆无。

是真的音信皆无。母亲没来学校看过我,没来过信,也没委托什么人捎来过东西。母亲的形象,就像在镜头里不断被推远的雕塑，远得像个黑点。偶尔思念她的时候，那个黑点会亮一下，然后又坠入无边的黑暗。那个叫大埠子的村庄，仿佛囚禁了母亲，而我也像一直活在溺水状态，根本没有力气去解救她。

一九九二年，我十八岁，在街道的一家工厂打工。突然有个人找到我，说母亲要来看我，问我想要买什么东西，她可以买来当礼物送我。

母亲可能觉得，十八岁是成年人了，她想要来和我确认一下母子关系。

没有人在见到母亲时会尴尬，可我见到母亲时却手足无措，一下子回到了童年时那个爱闯祸的孩子的模样。

这次见到的母亲，表情很温和，小时候记忆中那个面部肌肉紧张、表情焦虑的她消失了。不知道她是怎么磨炼出来的。

我跟母亲要了一辆自行车。一辆变速自行车，那个时代男生们都梦寐以求的大玩具。

母亲带我去县城十字街口的自行车店，我选，她付钱。真开心，那辆车三百多块钱，我三个月的工资，母亲帮我付了这笔钱。我觉得母亲真有钱，我真是个幸运的孩子，我们两个都显得挺自豪的。

骑上新组装好的自行车，我一溜烟地消失了，忘了有没有和母亲告别，但母亲那温暖的笑脸，却深深印在了我心里。

后来，我骑着这辆自行车追到了女朋友，再后来，这个女朋友变成了妻子。

所以，要谢谢母亲。她用很少的花费，间接地帮我成了家。

6

我和母亲的联系，是以"年"为单位计算的，最长的时候有七八年不联系，常见的是两三年不联系。最近这些年好多了，每年春节，当我们一家四口出现在大埠子三叔家，准备去给父亲上坟的时候，我都会见到母亲一面，长则半个小时，短则几分钟、十几分钟。

在那短短的一段时间里，母亲伸着手招呼着她的孙子、孙女，和她的儿媳妇热络地聊着天，两人不时地笑，我在旁边给她们拍照，亲热得宛若别的家庭一样，好像没有分开那么久过。

但当只剩下我和母亲的时候，场面就冷清了下来。母亲会说，"你忙吧"，然后静静地转身走了，我有时回答一声"好"，有时默不作声地看着她走。从这一走，到再见到，又是一年。

我的性格里，有一些与母亲相似的东西——很矛盾，很顽固，很复杂。会简单地会为一件小事热泪盈眶，但会在重大的时刻心冷如铁。

在我最艰难的时光里，从来没有想过向母亲求助。上中学时需要交五毛钱给老师拍学生证照，我去向一个叔叔要钱，没有要来，但在路过母亲家的时候，也没有想到找她去要。我想，还是不要打搅母亲，让她过自己的生活。

母亲大概也是一样的想法。她从来不为自己的事打电话给我，偶尔有小事，也是让妹妹带话给我。

7

表姑曾好几次跟我说，"多跟你妈通个电话"，我口头答应着，每次却在打开通讯录找到她的名字时没有拨出去。因为不知道开口说什么，也不知道母亲会开口说什么。

这么多年，我已经习惯了有一个在远方的母亲，她也习惯了有一个在远方的儿子。

除了知道我有两个孩子外，母亲大概不知道我其他的一切，比如我是做什么工作的，我家庭住在什么地方，在什么单位上班，每个月赚多少钱，和领导、同事关系好不好，辞职后靠什么生活……这些应该都是一般母亲关心的话题，可是我的母亲好像不关心。

除了确认每年母亲会在村口三叔家里等我，我也不知道母亲的一切——她身体好吗？和家人相处得好吗？冬天了有没有暖和的衣服穿，有人关心吗？

经常会想到这样一个场景：有人敲门，母亲来了，她已经老了，老到无人愿意照料，只有投奔她唯一的儿子。

我也准备好了迎接她的第一句话：

"娘，您回来了。"

从天而降的母亲

习惯了和母亲告别,每一次,我们母子二人分开,谁也不回头再看一眼,我也不是刻意狠起心肠,只是习惯了告别。

许多年以前,一直有个问题想要问她:你为什么要离开我们?这个问题在我三十岁之后,就再没有任何想问的念头了。小时候不懂大人的世界什么样,等自己成了大人,那些小小的问题,还有什么需要问的吗?

童年时刻骨的伤痕,有一部分来自母亲。有一年需要交学费,我在一个水塘边跟她要钱,不敢看她,仿佛自己在做一件错事。她说没有,我一直盯着那片池塘绿色的水纹在看,觉得世界坍塌,时间僵直,万念俱灰。

母亲走了又回,回了又走。每次回来的时候,都说不会再走了,她在院子里看着我的眼睛说:"这一次我不会再走了。"我的心里欢呼雀跃,却表现平淡,最多说一个"好"字。当她第三次从她改嫁的那户人家想要回来的时候,被挡在了紧锁的门外,那天下了大雨,她跪在满是泥水的地上哭。

以为她不会再离开我们，但几个月之后，她又无声无息地消失了。从此不再相信她。但也知道，她有自己的苦衷，一个失去了丈夫的女人，在一个不但贫穷而且不讲理的大家庭里，想要有尊严地活，是多么艰难的事。

以为是恨过她的，但根本就没有。对别人都不会有，何况对她。在我那奇怪的童年里，脑海里被混沌与奇思异想充斥着，没有恨意成长的空间。当然也没有爱，不知道爱是什么样子，什么味道。活得像棵植物。

在我漫长的少年时代，与母亲再无联系。整整十多年的时间，音信皆无。她是怎么过的，我不知道。中学时，有同学问到父亲、母亲，我通常选择不回答，如果非要回答，就会用淡淡的一句"都不在了"。

我盼望母亲会突然来看我。像小说或电影里描述的那样，穿着朴素的衣服，带着吃的，敲开教室的门，而我在同学的注视下羞惭地走出去，接过她带来的食物，再轻声地赶她走。在脑海里重复过无数次这样的场景，每逢有别的家长敲门的时候，总觉得会是她。

慢慢地，我回忆起来，母亲并不是一点儿也没关注过我。每年去她住的那个村庄给我父亲上坟的时候，她都会躲得远远的，在某一个角落里看我一眼。而我不知道她在那里，或者，就算知道，也装作不知道。

二十三岁那年，我结婚。有人问我："愿不愿意让你妈妈过来?"让啊,当然让。那时候已经有了一些家庭话语权的我,开始做一些属于自己的决定。儿子结婚,母亲怎么可以不在场?

那是第一次觉得母亲像个慌里慌张的孩子。她包着头巾,衣着简朴,略显苍老。我喉咙干涩地喊了声许久没喊过的"娘",妻子则按城里人的叫法喊了声"妈"。母亲显得紧张又扭捏,想答应着但最终那声"哎"没能完整地说出来。

婚礼前一晚的家宴,一大家子几十口人,在院子里、大门外的宴席上,吃得热闹非凡。母亲怎么也不肯上桌,任凭几个婶子生拉硬扯,她还是坚持等大家吃完了,在收拾的时候,躲在厨房里偷偷地吃几口。婚礼那天拜堂,司仪在喊"二拜高堂"的时候,却找不到母亲了。

客人散去,三婶告诉我母亲在楼上哭。上楼去看她,她立刻停止了哭泣,像个没事人一样。那一刻我意识到,这么多年,仿佛她从没关心过我,我也从未关心过她,这么多年的时光,我们都是怎么过来的?妻子跟我说:"有你妈在真好,别让她走了。"我说好。但在母亲面前,怎么也说不出口。

二十五岁那年,我拖家带口漂到北京,妻子背着我给母亲打电话,说让她帮忙带几个月孩子,还承诺,只要把孙子带大,以后就一定会像对待亲妈那样,对她好,给她养老。母亲来了,我们一家人终于有了真正意义上的一次团聚。

那段日子很苦,母亲跟着我们在暂住的村子里搬来搬去,但是大家都很开心。母亲教育孩子还是农村的那套老办法,把她不到一岁的孙子宠得不像话。我常奚落她:"别把我儿子宠坏了!"

"小男孩哪有不调皮的?越调皮越聪明。"母亲总是坚持己见。

儿子学会了叫爸爸、拍手、再见、飞吻等活儿,自然叫得最熟练、最亲切的是"奶奶"。每到此时,她都异常高兴,从来没见她这么开心过。她有很多民谣,如"宝宝要睡觉喽,奶奶要筛稻喽"。几乎每一首都和奶奶有关。

有一次妻子略带讽刺地跟我说:"瞧你,在你妈面前还撒娇呢。""有吗?""有。""不可能。""真的有,别不承认。"我是不承认有的,仔细回想了以后,还是不承认有。也许只是觉得生活有趣,显得过于乐天派了一点而已。

这次是真的以为母亲会永远陪着我们了。但又一次的分别摆在面前。母亲在她的村庄又有了一个自己的女儿,她还要照顾她。要走的前几天,她一遍遍和孙子玩"再见"的游戏。等到孙子睡着的时候,她一句话不说,沉思着,一会儿想想,一会儿笑笑,在我看来,她又成了一个陌生的母亲。

母亲坐上出租车,脸上恢复了那种严肃的表情。也不看我,话也不多,无非是说少和媳妇吵架,少喝酒,多带儿子玩之类的。我尽量表现出无感的样子。这是一位从天而降的母亲,也是一个身不由己的母亲,我已没法,也不能再要求她什么。

又是漫长的十几年过去。时间过得太快,忙着生活,忙着追名逐利。每年能够再见到母亲,就是春节期间。我带着两个孩子,按惯例去给他们的爷爷上坟。在堂弟家门口,母亲会过来,看看她的孙子和孙女。当年她带过一段时间的孙子,如今已长成一个一米七五的大块头。

在那短暂的半个多小时里,妻子和孩子与我的母亲,像任何一个普通的家庭成员那样,平静又愉快地说着话,会笑,会拍打肩膀,会拥抱,再不舍地告别。我在远一些的地方看着,并不凑上前去。还是不知道该和母亲说点什么。也许什么都不用说了吧。

有一次从乡村回县城的时候,母亲与我们同行。我开车开得有些快,母亲晕车,半路的时候不得不停下来,母亲蹲在路边呕吐。

我在司机位上通过窗户看到母亲的样子,内心翻江倒海,那个久远的问题又飘回了心头:母亲,为何我们会成为现在这个样子?

我下车来到母亲背后,默默地给她捶着背,无声地开始流泪。

爷爷这一生

梦　里

时常梦到爷爷。在他活着的时候,梦到他死了;在他去世之后,梦到他活了。那些梦无比真实,午夜惊醒的时候,看着卧室地上冰凉的月光,心脏会紧得透不过气来。

我会默默地在心里说一句:请您走开,别再到我梦里,我帮不到您什么。也会迷信地想:是不是他在那边,又没有钱花了?今年春节,一定给他多烧一点。

这两年随着年龄增大,也看多了生死,再梦见他的时候,也淡定了许多。躺在黑夜里,均匀地呼吸着,回想梦中的情境。虽然梦境瞬间退去,能被记住的场景寥寥无几。

不明白为什么总梦见他。很少梦见过其他家人。而且在梦里,与他相关的总是不好的事,可以这么说,他是总带来噩梦的人。这不由得让我去沉思其中的由来。

这二十多年来

我对爷爷的第一个非常清楚的记忆，来自一九八七年。那年秋天他骑着自行车到一个名字叫"花园乡中学"的地方，把正在上初一的我，接到县城去。

从花园乡中学到县城有三十多公里路。初秋的乡村公路寂寞荒凉，那是我第一次走那么远，觉得这三十多公里路，几乎像一生那么漫长。

爷爷曾带着全家二十多口人在农村生活了近十年，之后又把全家从农村带回到了县城。我们这个家族的身份，从市民到农民，又从农民变回了市民。不过是十几公里的路程，命运就这么颠簸了一个来回。

回到县城一无所有的爷爷，和他那几个已经分别成家的儿子，在街道办事处的帮助下，租住了不同人家的房子。

为了养家糊口，爷爷依次做过这些职业：卖大碗茶、摆水果摊、卖凉菜、杀猪、摆书摊……那时候孩子们好养活，几分钱一碗的大碗茶，也饿不死一家人。

这二十年来，我印象最深的是，每年春节从北京回老家，路过县医院门口，看见爷爷在那里摆书摊卖书。

那个时间段通常是下午，书页不停地被寒风掀起封面，穿着棉袄的爷爷歪坐在椅子上打盹儿。有一年路过时，曾亲眼看到过两个偷书的孩子拿起他们选中的书撒腿就跑,爷爷对此一无所知。

有时,我会在书摊那儿坐一刻钟再走。有时,则是路过看一眼,一秒也不停留。

姓氏问题

从没认真听过爷爷的故事,本能地排斥那些故事,不知道是否因为有关爷爷的那些往事太过凄凉,还是因为自己的承受能力不够。

据说爷爷的亲生父亲姓张,由于某种原因,被过继给了姓韩的人家。这对子孙后代来说是个噩梦,在家乡,改姓是件耻辱的事情。尤其是孩子们在学校遭遇同学们的诘问时,那种屈辱感无法用言语形容。

爷爷从来不解释。他对这个问题既敏感又倔强,每每有人试图向他征询"真相",他就会憋红着脸狠狠地回一句:"我姓韩,你们就也姓韩!"

在韩家,爷爷被收养的那段日子似乎过得并不好,至于哪里不好,他没说过,别人也不知道。但我记得一个情形:他因为顶撞了他的后妈(我的太奶奶),被喝令跪下,而他老老实实地跪下了。要知道,那时他已经是五十多岁的人。

我对这种暴力反感至极,也曾利用一个孩子跑得快的特点,小心又反复地挑战太奶奶的权威,内心带着"复仇"的火焰。我在帮他，心里对他也带着一点恨，觉得整个家族生活得憋屈，很大程度是他带来的。

少爷作风

爷爷身上有"懒骨"，这是奶奶说的。

奶奶是地主家女儿，不算是大家闺秀，也算小家碧玉。至于为什么会嫁给一穷二白的爷爷，一个合理的解释是，那会儿地主家的女儿没人敢娶，一无所有的爷爷光脚不怕穿鞋的，结了这门亲。这也是他被人赶出县城的原因之一。

在家从没干过活的奶奶，嫁到韩家之后当牛做马，农活一样一样地学。清晨到地里，埋头干活到天黑，这种劳碌命一直伴随到她瘫痪在床才结束。

而一直活得很遭罪的爷爷，在结婚后反倒有了"地主家少爷"的福气，在家里吆五喝六，动辄大发脾气。在地里干活，忙不了一会儿就到树底下乘凉休息。奶奶经常被他气得半死，但仍然对他很好，每天都会用开水冲一个鸡蛋再洒上几滴香油，端给爷爷当早餐。

凡是劳心费力的事情，他都干不成。出门卖豆腐，卖了一天，一块豆腐也没卖出去。回家的路上下雪，滑倒了，那一车豆腐都进了水沟。

能不干活就不干活，想发脾气就发脾气，爷爷成了家里谁都不敢惹的暴君。

有一年暑假，爷爷带我去玉米地锄草，不过五亩的玉米地，我们爷俩整整锄了一个月，结果后面的还没锄完，前面已经锄过的就又疯长了起来。爷爷对此不以为意。"草是永远锄不完的，"他说。

剥削者

在一贯的家庭教育中，孩子是没有财产支配权的，所有人赚的钱，都要交给爷爷。我也不例外。虽然并不情愿，但当某种事物已成规律，也就失去了反抗的勇气。

在打工岁月里，无论是每月赚八十块，还是每月赚两百块，大部分是要上缴的，大约留下十分之一，给自己零用。

记得有一年，我在一家漂白粉厂干活，挣了五百块，很开心地交给爷爷，期待得到一句赞扬。但并没有。他转手把这五百块给了我一个等待用钱还账的叔叔。我的心肺那刻被气得要炸裂，凭什么？！

最激烈的一次冲突，起因于家里丢了一角钱。奶奶放在柜子上的一沓一角钱，丢了一张，可能是风吹丢的，可能是老鼠拖走了，也可能是压根就没有那么一张一角钱。我被诬陷偷了那一角钱。

为了证明清白，我爬上椅子，拧下了堂屋的灯泡，把手伸了进去,以"自杀"反抗。为了一毛钱,我愿意送掉我一条命,这成为我内心久久过不去的一道坎。

但与钱有关的事,爷爷在两件事上也表现出了"深明大义"。

第一件事,是我跟他要一千块钱买一辆摩托车。他慷慨地给了我,那辆摩托车成为我青春期最美好记忆的承载。记得当我一脚踹开摩托车,在巷道里加油一溜烟往外蹿,回头看爷爷的时候,他眼里有点儿羡慕也有点儿自豪。可能跟牵动了他的玩心有关系。这个场景,也成为我与他之间少有的温暖瞬间。

第二件事,是我跟他要四千块钱重新进入校园上学。他把这笔巨款拿了出来,改变了我的命运。

虽然那些钱都是我自己赚的。

矛盾根源

爷爷这一生有六个儿子,一个女儿。他最引以为荣的是,自己拥有这么一个人口众多的大家庭,但最为头痛的,也是这么一个人口众多的大家庭。

人多了,家里仅有的那么一点儿资源就容易引发争抢。爷爷与他的孩子们之间的所有矛盾,都源自他对谁好了一点、对谁差了一点。有人对小时候挨过他的打耿耿于怀,有人对盖房子他没帮衬钱抱怨了一辈子,也有人对他所谓的偏心充满了仇恨。

家族矛盾没有随着他年龄的增长而有所缓和,反而随着他的衰老、权威不再，而变得更加激烈。

直到他因为脑血栓躺倒在床上，一躺就是十年。不知道这十年当中，他有没有想通，这一切的矛盾根源只在于一个字：穷。而他最大的罪过，是没有改变这个大家庭的命运。这是他没能尽到的父亲的责任，也是他力不能及的责任。

病倒在床上的爷爷，成了真正的弱者。他对每一个前来看望他的人示好。他最后的财产——一座破旧房子的房产证，成为他捍卫自己尊严的最后武器。

可他错把这个"武器"许诺给了太多人，反而又引发了新一轮的战争。这场战争一直在他去世多年之后仍然没有彻底解决。

爷爷去世那天，我以为自己会大哭一场，但事实上并没有。看着他呼吸完最后一口气，爱和恨，都归于平静。

爷爷这一生，和许多农民的一生一样，没有太大的差别。他们的命运，是这大地上最后的苦难。

纪念他

每年回去上坟，我都会做隆重的准备。买很多的纸钱，包好的饺子第一份盛出来为他留着，酒要新开一瓶，下酒菜要四样以上。

亲人的坟墓都挨在一起，但纸钱烧给他的最多，酒菜也是分给他的最多。别人，只是象征性地分一点。

和叔叔们、堂弟们一起喝酒的时候，会聊到他，会聊他打谁打得最狠，骂谁骂得最凶，说到最后，有人红了眼圈，叹息一声，把一杯白酒一饮而尽。

有关他的坏话，在渐渐地消失。他的故事和他的名字，也会渐渐地消失。下一代，再下一代，估计连给他上坟的人，都会变得稀少。

人生可不就是这样吗？连纪念都是短暂的，何况其他。

奶奶的葬礼

1

下午时分，二叔打来了电话，聊了四五分钟。挂掉之后，表姑的电话紧接着打了过来，说的内容和二叔是一样的。

我接完这两个电话，站在客厅中央对孩子的妈说了一句话："我该回家了。"她望了我一眼。这么多年她知道，她可以把我从各种场合与关系中抢夺回来，并把我变成一个以小家庭为绝对核心的人，但每当我那个总人口达五六十人的大家族对我发出呼唤时，我总会在第一时间奔去，不可阻挡，音信皆无，直到事情结束，才满眼血丝、唇裂面干、疲惫不堪地回来。

傍晚时分，我把女儿从幼儿园接回家，开始收拾行李。这次回老家的理由是，奶奶已经走到了生命的最后时刻。

2

已经参加过不止一次葬礼。最早是我父亲的,他去世很早,那时我只有五六岁。

在进入四十岁之后,需要奔赴的葬礼突然多了起来,姑父、爷爷、大爷爷、二婶、四叔。重病、衰老、车祸,是他们去世的原因。每一个人去世所带来的信息,都交织成一片精神世界里的悲伤与苍茫,"人生无常"的念头会在内心某个角落里不停地流动。

我对葬礼有不小的抗拒心理,作为一个天生感性的人,却无法做到像别人那样在葬礼上哭泣。我的眼泪可以在与亲人几杯酒喝下之后掉落,却无法在亲人的葬礼上流出。后来我为自己找到了原因,父亲去世时,童年的我不懂发生了什么,因为没有哭泣而遭到了一顿拳打脚踢,这对一个孩子来说是一桩恐怖事件。自此给我留下心理阴影,长久的歉疚与疼痛,不断激发出一种心理保护机制,不可以在葬礼上哭泣——在我自己父亲的葬礼上都没有哭起来,别人的葬礼更没法做到。

不哭,不意味着不爱我的亲人。每一位去世的亲人,都与我有着道不尽的亲密联系。在我失去父亲之后,姑父像一个父亲那样疼我,夏天的时候,他常带我去河里游泳;爷爷摆了很多年的书摊,我与他一起守在书摊旁阅读,时间漫长又温馨;在二婶眼里，我是她最值得骄傲的侄儿；而四叔，则是确定我人生价值观最重要的一个人。他们走了，但他们的基因，他们的言行方式，都还留在我的躯体与精神里，这是我对远行亲人一种最好的纪念。

3

奶奶躺在五叔家的客厅里。

在此之前，她住在二叔家中，或是感觉到时日无多，她说出的最多的话是"回家"。五叔家的房子是爷爷奶奶留下的，她说的"回家"，表达的是希望在自己家中去世，这是老人们普遍的意愿。在去世前，用自己的最后一丝力气，作出相对正确的选择，降低子孙后代们发生纷争的概率。

春节的时候回去看她，她面色红润，饮食正常，还知道向我要红包，再分成许多份，等小孩子们来拜年时分发给他们。春节刚过去一个多月，她的身体状况就急转直下。我隐隐约约知道，因为新一年谁来继续抚养照顾的问题，几个叔叔起了争执，因为说话声音有点大，不小心被她听到……但这事已经无法深究。

奶奶已基本失去意识。但在五婶告诉她我回来了之后，她还是努力地想睁开眼睛。我喊她"奶奶"，说"我回家了"，她努力地想把手从被子里伸出来。我懂，知道她是想让我握着她的手。人在恐惧的时候，需要有一双手可以握。

在回家后的第二天，奶奶的面容发生了很大的变化，额头的皱纹舒展开了，整个额头显得柔润而饱满，眼睛也能勉强睁开一会儿了。那一刻她的眼睛，根本没有老人眼睛的浑浊与黯淡，相反，却有不可思议的亮光，如同一个孩子找到隐藏的礼物的喜悦。可惜这样的时间太短暂，奶奶的眼睛再次闭上后，就不愿意再睁开，能感受她生命气息的，就是她时而清晰可闻时而气若游丝的呼吸。

奶奶临走前的两个夜晚，是我和二叔陪伴度过的。第一个晚上，能听到她偶尔的叹息。叹息声音大一些的时候，二叔会端来一个小钢碗，用小勺湿润她的嘴唇，再喂下几小口水，喝下水之后，奶奶就能安静下来，如同熟睡一样。我小声问二叔，奶奶会不会觉得疼痛，二叔说不会的，这个时候人的身体会失去感觉，像是飘在半空中。这让人感到一点安慰。

第二个晚上，奶奶的气息更低了，有时候用心聆听，十多分钟的时间也听不到她发出任何声音，直到她悠悠地吐出一口气。二叔过来跟我商量，说有人建议到了夜间十二点的时候，把客厅和院子的门都打开一条缝，这样老人才能顺利地离开家上路，紧闭着房门与院门，老人没法走。我不信，但也同意了，没想到，打开门缝后的那个早晨，奶奶真的走了。

奶奶走的最后一刻我不在她身边。我去酒店房间里冲一个澡，冲完澡出来看到有好几个未接来电，拨回妹妹的电话，妹妹的声音已经变了腔，"哥你快回家，奶奶马上就要走了"。虽然有着充分的心理准备,这个消息还是让我蒙掉了。

酒店门口打不到车,好在离家不远,我决定跑着回去。路上的汽车很多,还有三轮车,行人也多,车和行人好像故意和我作对,都出现在我面前,阻挡我往前跑,我心里焦虑万分。

好不容易跑到大约一半路程的时候,一排结婚的车队停了下来,可以远远地看到新娘的车辆也停了下来。这个时候地面上长达两三百米的鞭炮开始爆炸,路两端的车辆和行人挤成一堆,道路被堵得水泄不通。我把羽绒服的帽子戴了起来保护头部,屏住呼吸,困难地穿过人群,穿过浓烟滚滚的鞭炮爆炸现场……

那一刻,我觉得整个世界都是假的:奶奶去世的消息是假的,眼前看到的这个结婚车队是假的,鞭炮的爆炸是假的,我的奔跑也是假的。一切的一切,都像是发生在电影里一样,我是在银幕中的画面里,跑着跑着一下子从画面里掉了下来。

临近家的时候,听见一阵悦耳的音乐声,类似于《运动进行曲》之类。我有些惶惑,难道不应该是哀乐吗?仔细分辨了一下才知道,那是不远处的中学用大喇叭播放给孩子们做操用的音乐。这个世界还是那么热闹,人们都还在照常生活着,可是奶奶却不在了。

我到家的时候,家中已经哭成一团。

4

漫长的葬礼过程开始了。

街道办事处专门负责葬礼的团队迅速到位，开始安排葬礼流程。估算了整个葬礼需要的费用支出，奶奶留下的六个儿子开始集资，我代表我的父亲，我的四弟代表他去世的父亲来出这笔费用。葬礼团队拿到钱之后开始去采购烟酒、肉菜，以及其他备用品。

老人去世的第二天是"家宴"，整个大家族的人，在晚饭开始之前，到灵棚里给老人三拜九叩。三拜九叩严格按照传统的仪态进行：双手高高拱过头顶，垂于腰下，手按膝盖跪下，深深磕头之后再手扶膝盖站起，如此反复。在磕到第五个头的时候，长子或长孙要上前一步，递香、递酒、递纸钱……我完全不会这些动作，只好请二弟代劳。旁边的人议论纷纷，觉得这是老大的事情，不应该请弟弟代办。

迎接络绎不绝送来的纸花圈，给磕头拜祭的亲戚朋友回礼，在纸扎的牌楼中装满"金银财宝"……几天下来，膝盖已有隐隐血迹。

整个葬礼过程，也是一场高浓度的 $PM_{2.5}$ 吸入活动。堂屋里不断燃烧的纸钱，制造着浓烟，不一会儿就会有人被熏出去，咳嗽，用水冲刷眼睛后才能重新进来。其中，还有一个流程叫"摔孝盆"，所有的亲人都被拉到路边，整齐地排好队，几天纸钱燃烧后剩下的烟灰被重重地摔在地上，浓浓的烟灰如同一股黑雾一样迎面袭来。

奶奶的葬礼，赶上了新一轮的移风易俗。基层行政机构在对葬礼文化的干预上，终于起到了非常明显的作用：不许有葬礼乐队的表演行为，甚至连乐队干脆都取消了，取而代之的是一只只能播放哀乐的专用音箱。据说葬礼乐队的人在失业之后，都选择了去"快手"发展。送花圈，纸的可以，用鲜花做的花圈禁止收取。酒席严禁大操大办，规格每桌不准超过一百元。除了直系亲属，结拜的兄弟姐妹，不许佩戴孝帽、孝布……如果违反这些规定，主家就会受到罚款处罚。

这是好事。

5

奶奶的葬礼，是漫长的乡村生活最为顽强的一种延续。整个家族举家从乡下迁往县城三四十年，有些生活方式已经慢慢地有了城市化的痕迹，但在经历葬礼的时候，包括我们的家族，以及县城里的其他家庭，都还在延续着过往几百年延续下来的葬礼礼仪。

我早已决定，如果有一天，到了我需要写遗嘱的时候，会特别写道，我不需要任何形式的葬礼，不需要告别，不需要哭泣，我只希望最亲近的一些人能在一起，吃顿饭，随便聊聊，希望他们说到我的时候能微笑。这个过程，不需要太多时间，一顿饭的时间就好，然后大家都各自去过好自己的生活。

6

我在奶奶的火化单上签了字，写下她的名字——李树英。这个名字和我在同一个户口簿上。她走了之后，整个户口簿就剩下我一个人的名字。

火化场里，几辆殡仪车停放在那里。逝者各自的亲属们站在院子里，要么低声说话聊天，要么沉默地抽烟。

每隔一会儿，火化场那个高耸的烟囱就会冒出一股浓烟，这标志着一个人的遗体变成了一捧骨灰。每个人不论出身，都在这里与这个世界告别。

有人把奶奶的骨灰盒交到了我手里。这是我第一次看到骨灰盒的造型。长方形的房屋造型，有着阁楼式的挑角。骨灰盒用一块红布包裹着。

回家的路上，坐在殡仪车里，我把骨灰盒抱在怀里。和我想象的不一样，骨灰盒传递出的温度不是温热的，而是凉凉的。尤其意外的是，我感受到的并不是死亡的气息，而是近似于重生的喜悦。

我曾经把奶奶抱上汽车的座位，抱上轮椅，但这一次是抱着她的骨灰。她患病的身体曾让我感到沉重，此刻却轻盈得像个婴儿。骨灰盒的触感，也变得近似于丝绸。我尽力地拉长这个瞬间，仿佛这样就可以与奶奶再相处一段时间。

我脑海里始终浮现一个画面：某年夏天，我暑假回家看望奶奶，用轮椅推着她去县城中心的人民广场散心。瘫痪在床后，她很少有机会出门，每次被人推出来，都像孩子一样好奇地四处打量，贪婪地观察着一切，要把所有都刻进脑海里。

那个夏天的下午，我坐在人民广场边上的水泥凳子上看手机，奶奶坐在轮椅上看着不远处的小树林，我们祖孙二人几乎什么话都没说。温暖的风一阵阵吹过，奶奶很安静，我的心里很平静。

7

直到对丧事礼金顺利分配完毕，葬礼才算真正结束。奶奶一生抚养了众多孩子，也照顾了无数孙子、孙女，没有任何现金之类的财产留下。

只有一座房子，这是一个巨大的隐患。在以后漫长的一段时间里，关于它的所有权和分配权问题，都会引来麻烦。尽管每个叔叔在县城里都盖有两层的自有平房，或者拆迁分到了楼房。

但时间紧张，已经没有多余的时间用来讨论这个复杂的问题。

我来负责主持葬礼的这个环节。一次次阻止发怒的人，一次次安慰满怀委屈的人，用尽可能快的速度达成统一意见，对不满者给出补偿建议……家族生活曾是我逃离家乡的一个理由，但那会儿我深刻地觉得，自己又生生地被拉了回来。

曾经发誓在奶奶去世之后，与整个家族要保持更远的距离，但事实证明这是徒劳的想法，重新介入整个家族的活动中，几乎是我不可违抗的命运。

在整个家族谱系里，我是一个走得最远的逃离者，一个性格柔弱的长孙，一个永远的和事佬，一个心里有恨、表面上却什么也不说的人。但在奶奶去世之后，我感觉自己的身份有了微妙的变化，再去看叔叔、婶子们的言行时，觉得也没那么生气了，甚至认为五六十岁的他们，已经像孩子一样……

他们只是走不出曾经的贫穷记忆，无法控制生活环境造成的恶劣影响，因为缺乏长久的、温暖的爱和关心，才会任由自己的情绪外露。

离开故乡，回到寄居地，短暂休息之后去接放了晚自习的儿子下课，在车里告诉他，"我奶奶——就是你的太奶奶去世了。今年春节回家，你再也看不到她了。"

他沉默良久，说了三个字，"我知道"。

父子一路无言。

故乡守墓人

失败者

三叔在又一次的"家族权力争夺战"中败下阵来。尽管这次他做了十分细心的筹备,先是由外至内层层递进,后是逐步"收网"、终极"亮剑",但还是在最后关键时刻被"一票否决"。

事情开始时是这样的:我在一个傍晚接到三叔的电话,电话中他除了和往常一样问我近况、问孩子的学习成绩外,还有意无意地透露了一个愿望,希望给留在大埠子的祖先以及去世家人的坟各修一座墓碑。

大埠子是我出生的村庄。我们这个大家族在这个村庄生活了二三十年,到二十世纪八十年代举家迁往县城的时候,留下了十余座坟墓,包括我太爷爷、太奶奶、大爷爷、大奶奶以及我父亲等。只有三叔一家留了下来。

他也曾像别的叔叔那样迁往城里,但生活了一段时间之后,受不了城里的汽油味,也不喜欢城里缺乏人情味,于是他那个小家庭又迁回了大埠子村，在那里生了一个儿子、一个女儿，打算终老在大埠子。

三叔说，村里只要是大一些的家族，都会集资给祖上修一座墓碑，墓碑上写着祖先的名字，刻上子孙后代的名字，一目了然，别人看到了，就知道这个家族的来龙去脉了。

还有，后来出生的孩子们，上坟的时候到了田野里，不会像无头苍蝇一样，每次都找不到坟头，烧错了纸可是件大不敬的事情。

"咱们凑钱给每个坟头都立个碑，你说阔气不阔气？"三叔这样问我。

"当然好"，话说到这个份上，我没理由不支持三叔的观点。

"那你和你的小兄弟们商量一下，看看这事怎么办"，三叔这样交代。

在微信群里，我对七八位堂弟、表弟们说了这件事，当然，在说的时候，也是用征求意见的口吻，还启用了投票制，少数服从多数。

弟弟们对此并非热情高涨，但也没有提反对意见。三叔的儿子也就是我的三弟，对他父亲的意见自然是支持的，他说，"大哥只要决定办，我就支持"。

于是，我们这一辈兄弟，算是达成了共识，修墓碑的费用，由作为大哥的我出一半，其余的弟弟们，分摊剩下的一半。二弟和三弟负责跑腿，收集晚辈们的名字，寻找刻墓碑的厂家……我们准备踏踏实实地把这件事情做起来。

在筹备的过程中,三叔又来了一个电话,这次的电话内容是,想要把我爷爷奶奶的墓,由县城迁回到大埠子去,理由是,我爷爷的爷爷的墓就在大埠子,落叶归根,去世的亲人们,应该聚在一起。

"你说,我这个想法在不在理?"三叔问我。

"在理。"我这么回答着,心里却犹豫了,迁坟在老家是个大事情,不能轻举妄动。

但三叔为这个事情,做了很好的设想,他打算用自己的良田,去和村民换不适宜种粮食的地作为墓地,一亩换一亩,然后把迁来的坟墓,集中在一起,这样一来,以后上坟就不用东湖、西湖跑两片地了,在一个地方就能上完。

我答应三叔,再和小弟兄们商量一下。微信群里又聊迁坟的事情,弟弟们没人反对,他们还年轻,或许觉得,支持或反对这件事情,意义都不大,只要有人想要做这件事情,那么就去做便是。

三叔就要"大功告成"之际,二叔的电话打了过来:"凭什么修墓碑和迁坟都不告诉我一声?你们还把不把我放在眼里?坟不能迁,你爷爷奶奶刚安葬不到一年,绝对不能动!"

"那墓碑能修吗?"

"墓碑也不能修!"

五叔的电话也打了过来,态度干净利落,这事他不同意。

我父亲去世后,二叔是家里说话算数的人,无论什么事情,他都有一票否决权。

于是,我赶紧打电话告诉弟弟们:二叔不同意,所有准备工作立刻停止。

也打电话给三叔,三叔沉默了一会儿,本以为他会大发雷霆的,但他最终还是嘟囔了一句:"不让弄就不弄了,唉,咱们家,做什么事情都做不成。"

后来我想过三叔想要修墓碑和迁坟的心理动机,他是想让离开村庄的亲人们,尤其是孩子们,一年当中能多几次机会回来,那个村庄只剩下他一家,没有亲人在了,他一个人在那里,觉得孤独。

守墓人

少年时,离开大埠子的我万般不情愿回到大埠子,三叔每次都是语重心长地劝我:"你要回来,给你父亲上坟。你不愿给别人上坟可以不去,但你父亲的坟你要来上。"

大埠子距离县城三十五公里。以前那里交通极为不方便,每次过去的路以及回来的路,都觉得无比漫长。

曾经通往大埠子的唯一一条路,晴天的时候坑坑洼洼,自行车难以通行,要时不时下来推着走,雨雪天的时候泥泞无比,每次通过它都要经历一番严峻的考验。

但不管怎样，每年，至少春节前的小年要回去一趟。上坟要赶在小年这天去最好。但不管怎样，三叔都会在他家门口或者村供销社门口，等待我一个人到来，或者带着弟弟、妹妹、孩子等一支队伍过来。

上坟对于三叔来说，具有很郑重的仪式感，因此他要安排三婶包水饺、炒菜，他带着我们剪火纸。这个流程要历时三四个小时，因而常常让我心急如焚——上完坟天就快黑了，还要赶路回县城，没法不着急。

但有一次，三叔和我在我父亲坟前说了一段话，让我再也不着急了。

他说："你们都走远了，不想回来了，以后你们的孩子，也慢慢忘记这里了，没关系，只要你还能来就好，以后的子孙们，不想来就不来了，反正我还在这里，还能守几十年，只要我一天还能动，就能来给你父亲上坟。"

三叔说这段话时哭了，我也哭了。从此老老实实，到了点就来大埠子，为的是给亲人上坟，也为安慰三叔。

三叔已经五十多岁了，他还能在那十来座坟墓前守多长时间？

他说，没关系，他不在了，还有三弟在。

三弟是名长途货运司机，经常全国各地跑，但无论跑多远，回来的时候，都会把他的大车开回到大埠子，陪着他的父亲。

很多次我都建议，三叔和已经结婚了的三弟彻底离开大埠子，到县城去居住，毕竟城里生活条件好一些，挣钱容易一些，孩子得到的教育也比乡下强，但三叔固执地不愿离开。

那段他说过的话，难道要当承诺守一辈子吗？这太不公平了。

我与三叔

三叔是我们这个家族中唯一一个身材高高大大的人，也是最具个性、爱憎分明的人，因为脾气倔强、性子刚烈，从小就爱惹麻烦，"你爷爷最讨厌的儿子就是我"，三叔不止一次这么告诉我。

在爷爷去世之前，三叔与爷爷的战争一直没有停歇，父子两人经常爆发激烈的争吵。争吵的原因，无非是三叔觉得爷爷偏心，在他成长的过程里，没有公正平等地对待他。

三叔与爷爷以及自己的兄弟们之间剑拔弩张，但对晚辈却最有柔情。那是一九九〇年左右，我在市里一所学校读书，在校长的鼓励下，办了一份校报，但学校没有资金支持，等到需要印刷的时候，我手里根本拿不出钱。

我给三叔写了一封信，寄到了百里之外的大埠子，忘记了那封信究竟写了什么内容，总而言之是希望如果他手头方便的话，可不可以借我几百块钱。

信寄出了，就忘到了脑后，因为潜意识里觉得，那封信他收不到，就算收到了，他也凑不出那份钱。

没想到，一周多后，有人敲开了教室的门，是三叔！

三叔这是第一次出远门，担心不会坐长途车、找不到路，在村里找了一位认字识路的邻居，一起不远百里找到了我的学校。

三叔从怀里掏出个信封，那里是他不知道从哪儿凑的几百块钱，三叔觉得我办报纸，是一个有文化的事情，在他的观念里，孩子们只要做与文化有关的事情，家长就该支持。

那会儿我还年轻，并不懂得感恩，只是心安理得地收了那份钱，而且还很快忘到了脑后。三叔始终也没有提过这件事，等到十几年后的某一天，我突然想到这件事，心痛到无以复加。在困难的日子里，这个"大忙"无异于一种恩典，我却忘记了好多年，等到想起来，面对面感谢他的时候，三叔却说："那会儿，你写信来，我就算砸锅卖铁也要帮你。"

最关心你的人，总是在你需要的时候才出现，你不需要的时候，他总是安安静静的，从来不打扰你。三叔就是这样的人。

等到我有了一点能力，可以帮助家人的时候，却发现在漫长的时间里，帮助最少的，竟然是三叔——他从不向我要求什么。

只有一次，三叔打电话给我，说村里拆了他盖的小店，村党支部书记答应补偿他的宅基地，却在拆迁之后没了消息。村书记是我童年时的玩伴，三叔问我可不可以帮他打个电话。

犹豫了好几天，终于在一天夜里喝完酒之后，拨通了村书记的电话。在电话里，没有得到很好的沟通。最后我急了："你答应的事情必须要办到！"

"我要是就办不到呢？"村书记大概也喝了酒，拱了火般回答我。

"那等我回大埠子揍你！"我恶狠狠地答。

没想到这句话起到了非凡的沟通效果，村书记在电话里哈哈笑了起来："你三叔就是我三叔，我就是逗逗他，哪能不给他补偿呢。"

后来，想起我曾在一个深夜丢掉颜面为三叔去争取利益，就会觉得有些快慰，毕竟，这是我正儿八经地第一次帮他说话。

有一种可能

三叔在大埠子村的北边，有一座住了很多年的院子。

每次进了村庄，拐弯，把车停到他院子门口，就要踏进他家门的时候，心里总是无比地亲切、踏实。

三叔在我小时候栽下的银杏树，已经长得高高大大了。院子中央的压水井，生了锈，但还是轻易能压出水来。

女儿两岁的时候到三叔家，就喜欢玩那个压水井，如今七岁了，每年过去，仍然会压水玩儿。

我和三叔坐在堂屋门前聊天的时候，抬头顺着宽宽的堂屋门向天空望去，感觉眼前有了一个大银幕般的视窗，高远处，有蓝天白云，有这个压抑的村庄从来不具备的某种开阔与淡然。

在我四十岁之后，脑海里时常会冒出一种想法：有没有一种可能，在十年或者二十年之后，我也回到大埠子村，在村里，租一间房子，或者干脆住到三叔家里。

空闲的时候，我们爷俩喝一杯酒，谈谈往事，在他有了酒意说着话想要哭的时候，默默递上一支烟。

这是年轻时从来没有想过，也不愿意想的事情。

这个时候，也真正明白了，三叔为什么甘愿在那个偏僻的村庄，当一个孤独的守墓者。

他守住的，明明不是一位位去世的亲人，而是一份他自认为珍贵的情感，还有他觉得温暖的情境。

他是世间一枚笨拙的陀螺

四叔去世的那一天,在返乡的深夜火车上,我不禁想起他离开家园,在乡村四野晃荡的时光。那时他的身影,该是多么消瘦与孤单,但那也应该是他一生中,最自由逍遥的时光。他终于抛弃所有,放下所有,为自己而活。

半年多前,我听到四叔病重的消息,就有一个不好的念头——他不会在这个世界上活太久了。他这一生劳累太多、吃苦太多,小病不治,大病拖延,对身体亏欠太多,任是谁百般劝告,他总是舍不得往自己身上花钱。时间久了,家人也就习惯了他病恹恹的样子。

小的时候,四叔留给我极为深刻的记忆。他性情柔软,说话的时候满脸堆笑,是个帅气的男青年。他的名字叫韩佃斌,他告诉我"斌"这个字,是文武双全的意思。他写得一手工整的钢笔字,所以我更认为他是个文化人,像是一个出身于知识分子家庭的人。但事实不然,我们这个家族到了四叔这一辈,已经是彻底的农民。不知道四叔是继承了哪位祖辈的文雅之气。

其他的叔叔们粗犷、大线条，呵斥小孩乃至打小孩屁股是常有的事，唯有四叔总是以平等的眼光来对待我们。是的，他不令人惧怕，他身上仿佛总是有一圈无形的和煦光芒（那不是属于年轻人的），让人不自觉感到亲近。我总愿意和他在一起，下湖，割猪草，干农活。

有一次在湖里割草，草丛深深，而我心不在焉，一镰刀砍到了大脚趾上，顿时鲜血直流，在我疼痛昏倒失去知觉之前，永远地记住了四叔那张吓得惨白的脸。后来听说四叔简单用衣服给我包了脚，抱着我疯了一样往村里的卫生室跑，边跑边哭。那年我八九岁吧，不明白四叔是因为害怕、心疼还是别的原因哭，可能是都有吧，我没见到四叔哭泣时的脸，但那次之后，内心对他又多了一分亲近。

四叔常和我聊天，聊一些孩子听不懂的话。他说话的语速慢，断断续续，听着不累，也隐约能感觉到他话里的哲理。那么多话中，只有一句话我记得，他说："如果我们整个大家族，每一个人都能够活得好好的，我哪怕死也没关系。"这句话像道闪电一样把我的童年世界照耀了一下。时间久远，我不知道现在记得的这句话，是否一字不错。但他的意图，我是非常明确的。那时候不懂什么叫牺牲精神，但他这句话让我懂了。从此一副沉重的担子，也压在了心头，一直压到今天。

我父亲是老大，他在世的时候，也是出了名的脾气暴躁，他的弟弟没少挨过他的揍，但四叔没有。四叔从来都不做令人生厌的事，干体力活总是冲在前头，像头累不垮的牛。他会天不亮就一个人去田地里干活，等别人到的时候，他已经把属于自己的那份干完了。在得到夸奖的时候，他会笑得露出一口白牙，然后再帮别人干。

他对孩子也怜惜，总觉得孩子不应该做农活，但没办法，在过去的农村就是这样，不能有吃闲饭的人。我记得有年夏天割麦子，中午在地头树荫下休息，我忍不住困倦熟睡过去。要被叫醒的时候，听到四叔的声音——"他累了，别叫醒他，让他多睡会儿。"那天的午觉我睡了个饱，四叔的话，让我在蒙眬睡梦中感觉到甜意，也是至今想起来仍然能让我心头一暖的记忆。

我踏入社会的时候，有半年是和四叔在一起工作。那时候他在一家漂白粉厂打工，这种工厂不但极度劳累，而且空气污染严重，一般人没法坚持半年，但工资相对较高。四叔仿佛是为了践言——只要家人过得好他死都愿意，在我成为他的工友之前，他已经在这家工厂工作了两年。

我来这家工厂，是追随着四叔而来的。潜意识里，我也想成为他那样的人，做苦活，出苦力，为了家人多挣钱，这是四叔带给我的价值观。那年我十七八岁，每天把又厚又重的防护服穿戴整齐，出入味道刺鼻的车间，把几十吨的生石灰，生产成具有消毒功能的漂白粉，再一袋袋打包，扛上运输车运走。几十吨的货物，就这样在我们少数几个工人手里辗转。我不服输，从来都和四叔做一样多的活。夜里加班累了，一起躺地上，和衣小睡一会儿，任由露水打湿衣服。发了工资，和其他工友一人一瓶白酒，喝个痛快。

后来累吐血了一次，四叔坚持不让我再做这份工作了。我转向别的职业，直至重新进入学校读书，远走他乡。

一走就是近二十年，见到四叔，也就是每年春节的时候去他家里拜年。每次见他，都是在客厅里简单地聊上一刻钟的样子。那一刻钟，聊不出什么来，他不愿意诉说自己。我因为要赶场子拜年，十几家要走下去，也总是没时间和他喝一杯酒，听他打开话匣子。所以这二十年来，他究竟是怎么过的，我竟然从未听他亲口说过。

听到的，都是和家人通电话时知道的点点滴滴。年龄大了之后，四叔变得木讷寡言，他从不给我打电话，我极偶尔打给他，也是闲说几句就挂了。我听到，他在一家工厂烧锅炉，每月薪水微薄，但好在不甚辛苦。怪不得有两年回家，看到四叔的脸总是黑黑的，但笑起来，牙齿还像年轻时一样白。

我还听到，有段时间因为家庭矛盾，他离家出走了。听到这个消息，我居然有点儿替四叔高兴，那段时间，他该是暂时忘记了家庭责任，忘记了压在身上的所有负累，快活地为自己活了一段时间吧。想到他在乡村四野游走晃荡，身影既消瘦又孤单，他该体会到那种难得的逍遥与自在。那是属于一个诗人的生活，被寄托于某种信仰之上，那种生活使他告别了自己的农民身份，后来他面对死亡的勇气，也是从那时候就开始积攒下的吧。

这么多年来，想到四叔就会想到一枚在坚硬的水泥地面上不停旋转的陀螺，有外在的鞭子逼迫着他旋转，也有内心的力量在驱动着他旋转，他想停歇，但不到生命最后一刻，是永远停不下来的。

我想像四叔那样，尽管是这世间一枚笨拙的陀螺，也能够努力转动。可是一个走出乡野的孩子，转动起来太艰难。我也想像四叔那样，把整个家族的期望背在自己身上，但真的是背不动。背不动，就变自私了，就放弃了，把精力用在了经营自己的小家庭上。我觉得自己辜负了四叔的期望，尽管我一直是他引以为傲的人，却没能够给他更多的关心。

四叔去世的时候五十多岁，比我大十多岁而已。他该是自己小家庭的主心骨，自己孩子们的顶梁柱，可如今他却被一抔黄土深深掩埋。

去埋葬四叔的时候，我和弟弟们把人们祭奠的盆花都带到了墓地上，在新坟周边挖了二十多个小坑，把那些鲜花都栽了进去，把车里的一整箱矿泉水都拆了打开，浇灌这些花。这该是四叔这一辈子，第一次收到鲜花，也是唯一一次收到这么多鲜花吧。它们在冬天枯萎，可根却留在了土壤里，春天来的时候，幸运的话，那些花还会开。

在栽下那些花的时候，想到明年春天，四叔的墓边会开满鲜花，不禁在心头微笑了一下。我想四叔在天有灵，也会会意一笑。

六叔，他是传奇

六叔的童年

一九七二年冬天，六叔出生于鲁南与江苏交界的一个名字叫大埠子的小村庄。村庄只有一条泥泞的堤坝路通往外界。

六叔来到这个世界的时候，他前面已经有五个哥哥和一个姐姐。大哥是村里的会计，二哥是个木匠，三哥是个农民，四哥是个农民，五哥是个泥水匠。唯一的姐姐刚到临嫁的年龄，就嫁到了五公里开外的一个叫北涝沟的村子。

六叔出生的时候，原来在县城街道办事处做小领导的父亲（我爷爷）刚被"造反派"赶下台，带领一家老小浩浩荡荡到了鲁南之南的那个小村，投奔他唯一的大哥（我大爷爷），艰难地从小市民转为农民。

六叔最深刻的童年记忆，就是在大哥的带领下去田里撸未成熟的麦粒吃。弟兄几个躲藏在麦地里，吃得满嘴绿油油，吃完后擦干净再偷偷回家，不敢被村干部发现，否则会被父亲狠打一顿。

挨打是六叔童年时代的家常便饭。爷爷从一个公家人变成了一堆农民娃的爹，气不打一处来，心情不好看到孩子便闹心，谁惹了事就会遭到一顿暴打，往死里打。

六叔骨子里的暴力基因就在那时种下了。在六叔的童年回忆里，很少得到来自父母与哥哥的关怀与温暖。

六叔进城

一九八七年春天，十五岁的六叔跟随我爷爷回到了县城。此时韩氏家族已经失去了一切，户口、土地、住宅、工作等，一无所有，在接下来五六年的时间里，才慢慢地变回穷困的小市民。

几个已经成家立业的叔叔们都分开生活了。六叔随我爷爷一起，在城里杀猪。杀猪和卖猪肉是祖业。据说我爷爷的爷爷曾是县城里的风云人物，虽然也是杀猪的，但敢和县官抢女人，后来被人设计陷害，抓起来枪毙了。说这事时没人觉得是耻辱。死，向来在这个家族不算什么大事，悲壮而勇敢地活着，才能成为被尊重的人物。

从没见过县城的六叔进城之后居然如鱼得水。他很快顶替了爷爷的角色，成为家里的顶梁柱，不但是干活的主力，顺便也管起了钱。谁管钱，谁就是当家的。但他毕竟还是个孩子，做错事情的时候，还是会挨一顿打。

说他如鱼得水，还因为他很快就退掉了农村孩子没见过世面的拘谨与胆怯。他有了同伴，新结识的朋友都是在街上横着走道的年轻人。他抽烟、喝酒、结拜兄弟，打架、闹事、假装社会人。回到县城的六叔仿佛找到了活着的尊严。

六叔的人生转折点发生在一九九〇年。那年的一个夏夜，他关系最好的几个朋友在街头店面玩牌，深夜散场后发现一个小偷在撬门，几个男青年一拥而上，把那个小偷打死了。恰逢"严打"，几个人里一个被判了死缓，一个被判了无期，剩下的刑期不等。六叔因为那天太累，睡得早，没有参与玩牌，否则以他的性格脾气，一定不会闲着，命运会就此改写。

六叔在街上看到最好的朋友被捆起来浩浩荡荡游街的时候，哭得肝肠寸断。自此之后，他老老实实地从事他的正当事业——杀猪赚钱，很少再上街混了。他一直坚持每年都去监狱里看他被判了刑的朋友，还要求我给他的朋友写信。

六叔与六婶

六叔的肉摊摆在县医院南边十字街头的东北角，西南角有一个炸油条的摊点，经营的人家来自江苏。六叔在那里认识了六婶。六婶来买肉的时候六叔经常不收钱，六叔去吃油条的时候六婶也经常不收钱，一来二去两人就谈起了恋爱。也有一个说法是，两个人并不是自由恋爱，而是经人介绍直奔主题结婚去的。都是外来户，又"门当户对"，谁也别挑。

结婚的头两年，六叔与六婶经常吵得天昏地暗，打得头破血流，无非是为一些鸡毛蒜皮的小事，先是口角，然后上升为武力。直到现在，他们也没改变这种"交流"方式。战斗升级的时候经常还会殃及池鱼，把爷爷奶奶住的屋门一脚踹开。

"战斗"的婚姻进行了二十多年，一直还没解体的原因是，六叔偶尔会良心发现，对六婶表现出温情的一面，比如他心情好的时候，会突发奇想把六婶拉到县城的服装市场，一口气给她买许多衣服；遇到节日或六婶生日的时候，也会买个戒指、项链什么的送她，顺便说句情话："别的女人有的，你也得有。"六婶就会像电视剧里的女人一样，感动到流泪。

六婶一直没有停止怀疑六叔在外面有女人。自从六叔有了手机，两人之间就没停止过"手机疑云"，一旦六叔关机或者开着机却不接电话，六婶的情绪就会失控。还说他自打安装了微信之后，"火得不知道自己姓什么了，整天在那里摇一摇，摇出了许多小妖精"。

六叔自然矢口否认。长得不好看，穷，脾气又坏，"没有一样能数得着的"，能有人看上他也算是真爱了。但六婶坚持认为，城里有个开工厂的女老板，身价上千万，和六叔在KTV认识之后，就迷上了六叔，不但给他买衣服，送手机，还给他偷偷生了个儿子。

六叔与儿子

六叔有一个亲生的儿子。或许是自己吃了足够多的苦,六叔对儿子非常宠爱,从不使唤他做任何苦力活,自然他也就没有养成坚毅的品格和吃苦耐劳的精神。

作为一个争强好胜的人,六叔又觉得儿子必须出人头地,起码要像他那样自食其力。在百般努力无效之后,他做出了一个石破天惊的举动——决定让儿子入伍。

堂弟非常排斥入伍,但在六叔看来,入伍是儿子成才的最后一个机会,也是他尽到父亲责任的最好办法。于是,几乎以半哄半骗的名义,他帮助儿子当了兵。此后六年,父子间的角力再也没停止过。

在这六年里,六叔近乎魔怔地为儿子在部队的前途而努力着,而他身边围绕着的人敏感地嗅到了这个"商机",借着帮他儿子在部队"运作"入党、提干的名义,花光了他十多万元的积蓄。

堂弟在北京当兵,几乎每隔半年,六叔都会被人哄骗来一次北京,一行人的吃住行、娱乐,他全包。辛苦半年挣的钱,一趟就全部糟蹋光了。这样的花费根本不起作用,家人劝他不要来,但六叔不听,执着地践行着他那"心诚则灵"夹杂"有钱能使鬼推磨"的复杂价值观。

六叔觉得这是对儿子的爱。但他不知道,这样的付出越多,他儿子的压力就越大，父子关系会变得越紧张，因此他也会越觉得委屈。有段时间，六叔打来电话，说着说着就哭了——"他怎么就不知道我对他好？天下哪有不想让儿子好的父亲？"

这段父子之间的爱意修补，很快被暴力代替。堂弟数十次拒绝了六叔让他留在部队继续发展的决定，毅然退伍回家了。六叔报以强烈的反对态度，声称儿子要是敢回家，他就离家出走，要不就喝药自杀。

这样的威胁压根没有用。在一次六叔与六婶吵架要动手的时候，刚好被打开家门的堂弟撞见，在部队练了一副好身手的堂弟试图拉架，一个不小心把六叔推倒在地，而六叔则认为是儿子动手打了自己，引起了整个家族的轩然大波。

这次父子冲突以六叔的出走告终。他搬离生活了二十多年的家，到几公里外一条公路边，租了间临时搭建的棚房居住。

六叔搬离后，六婶通过各种渠道给他传达信息，说只要他不喝酒、不骂人、不打人、不乱花钱，与坑蒙拐骗他的社会人断交，这个家就会永远向他敞开大门。但这样的"不"字太多了，六叔根本做不到。六叔压根想不明白自己错在哪里了，该怎么去改正，怎么去对待生活。

六叔与我

和六叔在一个屋檐下生活了四五年，我受他的影响太大了。

年轻时爱打架、爱喝酒，一些言语表达的影响更是如同刻进了骨子里。我不喜欢这样的自己。逃离故乡的一个很重要原因就是逃离六叔，觉得离他越远，我的内心才能越安定。

有一次，我跟他去农村收猪，回城的路上天黑了，我们停下三轮车到路边的瓜地里偷瓜吃。那晚月光皎洁、河水浩荡，嚼着还未完全熟透的瓜，我突然悲从心头起，对六叔说："我不想这样偷别人的瓜吃，不想一辈子当个杀猪的。"六叔怔怔地看着我，不知说什么才好。那是我第一次明确表达要远离故乡的意图。

我做一切与六叔截然相反的事。他杀猪，我写诗；他身上臭烘烘，我每天竭力用肥皂把身上的味道洗干净；他晚上和酒肉朋友大吃大喝，我穿上洁白的衬衣（对，一定得是白衬衣）去县城电影院晃荡；他脾气暴躁，我努力学习温柔；他大半生都停留在原地，我越走越远……

我想成为让他引以为荣的人。我无原则地纵容他，满足他孩子气的愿望，不断提供着满足他虚荣心的证据。他似乎不怎么关心我，我却像爱一个孩子那样爱他。

德国心理治疗师伯特·海灵格提出过一个概念——"家庭系统排列"，其中一个说法是，家族中无论死去还是活着的长辈们，都会对孩子的灵魂有深远影响，比如，如果一个人的祖父曾在家族中有过很好的名望，或者出名的劣迹，那么他的形象与言行就会被传播开来，后代的某个子孙就很有可能被其影响，成为先辈的隔代传人。

有段时间，我对这个理论颇感兴趣，常思考，在我们的"家庭系统排列"当中，六叔处在什么位置；他继承了哪位祖先的性格，而我又是怎样。这当然没有答案，但我发现了导致这个家族始终被冲突与矛盾所困扰的原因所在，即爱的断代。

爱在断代之后，就会带来爱的教育的断裂，需要后面几代人慢慢修补，在爱的表达上做痛苦而又漫长的努力。

六叔也在这样尝试。他对家里每一个人示好，谁家遇到事，他总是首先挺身而出。但这事交给他之后，却常因他没耐心、半途而废而七零八落。久而久之，家人很难信任他，没人再把他的话当回事。

他当然不知道海灵格的理论，也不懂什么原生家庭之类的说法，他只是凭借本能去付出与索取，希望得到回报与回应。

每隔一段时间，我都会密集收到六叔的电话，扯东扯西，于是知道他又缺酒喝了。我把购物车里上次买过的酒再付一次账，第二天下午他就能收到。这样能使他半个月或一个月不再打电话，很安静，像得到了糖果的孩子。

六叔的饭局

每年春节回乡，我都会参加一些六叔的饭局。六叔安排饭局很有意思，明明是他请人吃饭，打电话邀请人时却四处宣扬，说他大侄子回来了，想请大家吃饭。他爱面子，我也只好给他的面子买单。

六叔饭局上的座上宾组合很奇怪。他认识的人太杂了，什么人都有，包括那些坑过六叔的人都一如既往地出现在他的饭局上。有一个人曾鼓动六叔和他一起开一个小型化工厂，当年六叔用多年积攒的三十多万投入这个工厂，但厂房刚建好，设备还没安装齐备，就被下游担心污染的村民用炸药趁天黑给炸掉了。六叔花了三十多万，只听了一声炮响。

另一个和六叔一起开过沙场的人，声称可以办到所有合法证件，但结果沙场还是因为无证采砂被查处了。六叔莫名其妙成了负责人，被抓进看守所，替人老老实实顶了罪。出来之后，他们依然还可以谈笑风生地在一起喝酒。

酒桌上的六叔是个"传奇"，因为无论是他请客还是别人请客，最后买单的人都是他。他不舍得给自己买件上百块的衣服，却能够在饭桌上给别人甩出一千块，让人拿去买衣服。因为这个豪爽的性格，他的朋友遍布全城，而每当他落难的时候，那些朋友就全都消失得无影无踪。

头脑清醒的时候，他也表达过：这些狗屁朋友都是假的。但每当夜幕降临，又到了一天中推杯换盏的时刻，他就忍不住摇起微信呼朋唤友去喝酒。酒桌上的六叔开心又肆意，买单者的角色为他换来一阵肉麻的阿谀奉承，在那一刻，他俨然忘记了生活的苦难，成为一个成功人士。

也许，从进县城第一天开始，他就把这当成了人生的追求目标。他曾设想过家庭圆满、妻贤子孝、事业有成、朋友遍地，可只有"朋友遍地"貌似得到了实现，也只有这个虚幻的现实能给他一点存在感。

六叔今年不到五十岁，他依然每天疲惫不堪地活着，内心依然有强烈的盼望，不知道支撑他用如此激烈的态度活着的动力是什么。只有一点可以确认，他还没有倒下。

我想，有不少像六叔这样的人，在生活的泥潭里如此挣扎，但没人写下他们的故事。

屠夫与诗人

我一直希望成为那辆三轮车的驾驭者,虽然那辆车已经很破,发动机抖得厉害,并且经常打不着火,可是我还是想。

六叔开着那辆车,很神气的样子。穿过县城大街的时候,他把油门踩得很大,以至于刹车时不得不站起来,猛地踏下去,然后听见刺耳的刹车声,轮胎与柏油路面摩擦的焦糊味也迅速地弥漫开来。

有一天晚上我把它偷了出来。一个人推到巷子外的马路上,但是不知道怎么把它打着火。我拎着摇把研究了大约十分钟,很快找到了窍门。

晃着我的膀子,三轮车喷出了黑烟,我把自己想象成浪漫主义时代的最后一名骑士。上车、踩刹、挂挡、加油、松离合……三轮车闷闷地蹿了出去。

车子在拼命地晃,所以我也得拼命用尽双臂的力量来把握它,虎口生疼。兴奋和激动掩盖了忐忑和害怕,我的三轮车在天刚黑下来的县城里跑了三圈,最后安然无恙地返回家。

会开车,就等于成了男人。

现在应该来说说我和六叔的生意。我们每天开着三轮车并不是去兜风,而是为了全家的口粮去奔波——我们做的生意是买猪、杀猪、卖猪肉。

我六叔是个有点莫名其妙的人,我爱看六叔那莫名其妙的样子。忘了说了,那年我十七岁,我六叔二十一岁。

那时候,天不亮就要起床的。我一直认为,没有什么比在睡得正香的时候被逼迫着起床更痛苦的事了。所以现在我很爱睡懒觉。

夏天还好一点,三两下就可以将衣服穿上。冬天……不说了。男子汉大丈夫冬天岂能怕穿衣?何况六叔已经在门外摇响了破三轮,如同吹响了上战场的号角,想躲是不可能的了。

寒风凛冽,世界一片寂静,我们的三轮车在黎明前的夜色掩护下,驶出县城的柏油路,驶向两旁站满大杨树的村庄。

车熄火的时候,天刚好亮了。我到现在也没弄明白六叔怎么会把火候掌握得这么好。后来六叔悄悄告诉我,如果来得早了,喂猪的还未起床;来得晚了,喂猪的早就把猪喂得肚满肠肥了,难道你愿意花大价钱买那一大堆猪大便?

干一行讲一行,看来六叔的眼里只有猪。

我很佩服六叔对猪的研究,他甚至只看一眼,就能知道这头猪几斤几两,能出多少净肉,能有多少盈利。我就不行。要让我看出来一头猪有多重,非得看得我眼晕不可,然后估出来的重量不差一百也得差八十。

不过我也并非无特殊才能，否则怎能在这个特殊的行当里混饭吃？至今我想那个村子里的人还应该对当时我的英雄行为记忆犹新。

因为我抓住了一头猪。

事情是这样的：有一天早晨，我和六叔到一个村子例行抓猪。一番考察之后看中了村西一户人家的大猪。是的，很少见的大猪，而且比较矫健，因为保养得好（吃吃睡睡），养尊处优（脾气比较暴躁），三捉两捉猪先生发了火，躲在墙角说不出来就不出来，打死也不出来。

最后逼得我们只能使出绝招儿了，也就是传说中的"绳套法"。据六叔说，这个办法只对顽固分子才用，因为很容易让大猪当场窒息死亡，猪肉味道就不那么鲜美了。

六叔爬上了墙头，张着系好的绳套蹑手蹑脚地一步步逼上前去。事实证明他的做法是大错特错：大猪一个箭步蹿了出去，六叔一个跟头摔下墙来。

于是，大猪在小院里上演了一场生死时速，疯狂地跑啊跑。估计一生的路全让它跑光了。

还好，六叔没有摔得很重，但他的暴脾气却被点燃了。我深深地替那头猪惋惜，因为它的不合作，六叔的飞刀砍在了它的屁股上。

猪长啸了一声。猪也会长啸，那要马做什么。但的确是啊，猪长啸了一声，因为它发疯了。

它不顾一切地向大门外冲来。或许经过这么长一段时间的折腾，它终于明白外面的世界也许是安全的。看得出来，它并不在乎我的存在。

我站在门口，脸色发白。如果我知道自己还有时间躲开的话，我一定会躲的，但我已经没有时间考虑了。

弯腰，抄手，就这么两个简单的动作。大猪在空中转体九十度，很响亮地摔在了地面上，这时它已经彻底丧失了挣扎的力气。我也就自然而然做了一回不值得一提的英雄。

我拍拍手，喊："来人哪！把这厮给俺绑了！"

大家都笑了，刚才紧张的空气顿时一片轻松。几个帮忙的小伙子七手八脚把猪扔进了三轮车。

记忆里值得自豪的事情只有这一件，所以叙述得比较轻松。

接下来就是我琐碎的生活。

把一大车挤得哼哼唧唧的猪猡拉回家时，差不多就是下午了。实在不愿意与这帮不讲卫生的家伙为伍，所以回家的路上，我只好爬到用钢筋焊成的车篷上。六叔开得慢的时候，我会摇摇晃晃地站起身来，检阅似的凝视前方的道路。

我从未想过我的未来。

把猪赶进圈，我可以有三四个小时属于自己的时间。会洗一个澡，然后到街上去，经过巷口的时候，会买上一包两元钱的"哈德门"香烟。

我现在不抽烟，但不证明我没抽过烟。真正的抽烟应该是这样：深吸一口，用舌头压进口腔，然后让烟雾吞进肺里，透过某种渠道然后从鼻孔里再出来……

那时候"美女"这个词不像现在这么烂大街。女孩儿也没现在这么张扬，逮谁说爱谁。她们都很漂亮，一种我现在无法再用词汇描写的漂亮，而且喜欢在黄昏的时候出街，展示一下她们的小碎花棉袄或者短得不算很过分的裙子，让我等半大小子免费观赏。

我就常常盘腿坐在街边的红白两色护栏上，低着头，抽着廉价的香烟，头发很长，这样刚好可以垂下来，自我感觉良好。被一个女孩儿盯了一眼，心里便直高兴。

也朝人家弹过烟头、吹过口哨什么的，不过可能怎么看也不像痞子，动作也不算大胆，顶多被骂句"小坏蛋"了事，有时甚至还能得到含情脉脉的一笑。

说真的，我很想追一个做我的女朋友，但是那时我真的很自卑。

"你一杀猪的，追女朋友？"我经常这样嘲笑自己。

就像我嘲笑自己写诗一样。对了，你没有看错，我写诗。

我不否认自己是一个杀猪的，但杀猪的也有写诗的权利。

"你一杀猪的，还写诗？老老实实烧你的杀猪锅去吧。"

所以有一天，我把写了几年的诗全扔进杀猪锅底下烧了。

如果那头猪在天有灵，或许会觉得自己死在一个后现代主义诗人手里是一件很值得骄傲的事情。

在天黑进家门之前先把烟头掐了，因为我知道一场杀戮运动即将开始，我将穿上皮靴，扮演杀手的角色。

不对，我不是杀手，我顶多算是帮凶。真正的杀手是六叔，我从来都不愿意把雪白的刀子插进猪的喉咙。

我做的就是解构的活儿。简单地说，就是把杀死的猪进行分割，瘦的放一起，肥的放一起，骨头放一起。

现在到超市去买肉，我只需扫描一眼，就能立马判断出我要买的猪肉出自猪的哪个部位。因此有的人对我崇拜不已。

那就是当时练下的基本功。

这样的工作通常要进行一夜。冷冰冰的天气，亮晃晃的刀，刺骨的寒风……有时候很羡慕那头躺在热水锅里的裸体猪，临死还能躺在热水里，真是幸福。

困极的时候，锋利的刀刃会毫不留情地割破我的手指和手背。时间一长，两只手上，刀疤摞刀疤，看上去甚是不动人。

实在忍受不住便跑回屋里躺一会儿。那一点点时间无异于身处天堂，酣香的睡眠比任何东西都珍贵。但只要外面一有声音，即使做着再美的梦也要跑出去，继续工作。

我觉得一生要受的苦都在那一个个重复无止的日子里受够了。

很困，很冷，很痛苦。

天亮了，院里猪体横陈。发动我们的破三轮，装车，要在清早的时候送到三十公里以外一个叫李庄的冷库里。

虽然穿着大衣，但三十公里的路程足以使一个人冻成冰棍。排队、验货、过秤、取钱……一切结束了。驾上三轮车，我和六叔逃亡一样地呼啸着飞奔出门。

六叔开始表演他的飞车绝技，我在车厢里张开双臂，就像贾樟柯电影《小武》的那幅海报。

因为赚钱了，因为可以回家睡觉了，因为可以……

因为可以大吃大喝了。通常回家的路上，我和六叔会去一家路边的小饭店，因为相熟，六叔会把留下的一块好肉扔给老板，然后不用很长时间就会有香喷喷的酒和菜上来。

这时，我最爱听的一句话就是六叔带点恶狠狠的语气说："来，浩月！喝！"

在这时候，我们完全是平等的。如果时光可以倒流，你会看见两个差不多大的男人在那里大碗喝酒，大块吃肉，很像草莽英雄。

那个年长一点的是我六叔，那个年轻一点的就是我了。

我想我生命里的那点儿豪爽全部是那时候培养出来的。

在鲁南的一个叫李庄的小镇里，我以一个杀猪佬的身份在那里胡吃海喝着，没有一点思想，觉得自己像个白痴。

自从不再上学，自从烧掉了那些应该烧掉的东西，我就开始逼迫着自己不留下一点儿思考的时间，有活时干活，没活时上街唱唱卡拉OK、打个架什么的，很快乐。

我不知道最后是什么让我恢复了本性中温柔和宽厚的东西。

也许是爱情，也许是家庭，也许是其他的，但那时候，我心里的确生长着一种很凶猛的东西。

比如——

那天，我和六叔像往常一样起得很早，准备到一个比较远的村子去收猪。

天没有亮，车子开在野外，灯也坏了，时亮时不亮，所以开得比较慢。

我们根本没有想到居然有人会在黎明的时候打劫。

打劫一般在半夜才更具可行性，成功和逃脱的机会也多一些。所以当那群笨贼一出现时，我就在心里嘲笑他们了。

是四个人，还是五个人？我也不记清了，只记得他们影影绰绰，人高马大。

"停车，下来。"那语气倒有点像交警队的，但声音压得很低，因此显得很恐怖。

"你们是干吗的，我没有钱。"六叔说。六叔说谎了，谁说他没钱，买猪的上万元就装在他的上衣口袋里。

"少废话！以为我不知道，没钱出来这么早干吗？快点拿出来！"

"没有，真的没有。我们早起拉粪的。"

"动手！"这几个浑球真浑蛋！

"别忙，不就是要钱吗？我这里有。"我从六叔背后站出来。

六叔狐疑地看着我，本能地把我往后拉。

"我拿给你们行吗？"我的声音一定很温柔，因为他们居然相信了。

说话声音温柔的人一定不要相信他，因为你已经给了他暗算你的机会。

我把手伸向腰里，那帮蠢蛋一定认为我掏出的会是鼓鼓囊囊的人民币，可是我确确实实掏出了一把手枪。

"嗵！"沉闷的声音伴随着火红的火苗，紧接着是一个人杀猪般的号叫："我的腿，腿，我的腿！啊——"

其实它算不上一把手枪，它只是由发令枪和钢管精心焊接组装而成。它火力大、杀伤力强且工艺简单，坚固耐用，价格不贵，一百块钱足以搞定。唯一的缺点是只能发两枪。

"快滚！"我把自己最难听的声音从嗓子里逼了出来，"拉回家看看还有没有救。"

"跟他们拼了！"一个家伙丧心病狂地吼着。

我真的有点害怕了，因为我只有一枪了，而且还不敢保证它会不会哑火。

"六叔，还不把你那把也拿出来，还等啥？！"

六叔恍然大悟，急忙做掏腰状。

狗怕弯腰，狼怕掏腰。更何况他们还不是狼。很快他们便逃之夭夭了。

那把枪在"严打"的时候，我主动交给政府了，所以没有得到处理。

说真的，那时我只想过平静的生活，安心地杀猪赚钱，娶一个漂亮的乡下老婆,就这样算了。

但后来,我的思想发生了一点转变。说来人真是不可捉摸。有时认定了自己是个窝囊废,有时又觉得自己还不是那么甘于平庸。

我的转变也完完全全因为一件小事。

那是一个夏夜,我和六叔去村里收猪回家。半路上,六叔停下车来问我:"你渴不渴?"

"干吗?"

"我知道这里有一片黄瓜地,去嚼几根吧。"

"去就去!"

那时我的思想境界远没有现在这么高,也没有在嚼完人家的黄瓜之后在田埂上压几块钱的觉悟。

我和六叔就坐在人家的瓜地里,用河水将黄瓜洗干净,大口大口吃了起来。

车停在乡村大道的中央,月亮悬挂在天上,虫子在草丛里鸣叫着,我和六叔在嚼着味道并不怎么好的黄瓜。

我突然哭了起来。

我不想就这么嚼别人的黄瓜,我不想一辈子做一个杀猪的。

六叔慌了,连声问我怎么了。

我在月光下的黄瓜地里痛哭了一场。

然后我对六叔说:"我不想杀猪了,我要去上学。"

那晚的三轮车是我开回家的。我知道这是我最后一次开它了,所以我开得很稳。猪躺在车厢里肯定很舒服。

把猪赶进圈,天一亮我就上了街。给自己从里到外都买了崭新的衣服,而且内衣全部是雪白的。

然后把自己泡在浴池里,几乎用光了一块肥皂,把指缝都洗得干干净净。

我身上是清香的肥皂的味道。

穿上衣服,我看着镜子,那个人,头发湿漉漉的,穿着雪白的衬衣,文质彬彬的样子,完完全全不像一个杀猪的。我笑,镜子里的人也笑。

一个月后我重新返回校园。从此告别了我的屠夫生涯。

我不知道,如果不发生黄瓜地里的那一幕,我是不是还在乡下做一个杀猪的。人的成熟在一瞬间就完成了,因为在那一瞬间,所有的痛苦纷至沓来,悲观和绝望逼迫着你不得不去思考:这样的生活是不是你想要的。

当然,永远做一个杀猪的不是我想要的生活。

有许多次,我对问起我青少年时期的故事的姑娘说:"我曾经是一个杀猪的!"她们都笑得前仰后合。

两个酒鬼的故事

我六叔比我大四岁。

前段时间他带一堆朋友来北京，酒桌上他对朋友介绍说："我跟他从小一起玩到大的，跟兄弟似的……"

我打断了他："不会说话就别说。"

很小的时候，我对六叔就有一些敌意。因为家里人常说六叔吃过我母亲的奶，我对六叔的行为却颇为反感，虽然那时他只有四五岁。

这还是次要的。很多人都对童年时欺负自己的人印象深刻，六叔就是一直在欺负我的那个人，仗着比我大几岁、长一辈，对我的态度用"飞扬跋扈"这个词来形容一点也不为过。

童年时的我，心里最恨的人就是他。

记忆最清晰的是我上小学五年级的那年，因为不喜欢学校而索性逃学的那天，我在电影院看了一天的电影，天快黑的时候才回家。

那时，我和六叔住在一个屋。推开门的时候，他正气呼呼地躺在床上。

从始至终，我都没有说一句话。

"在门外边等着。"他的声音闷闷的。

十分钟后，我等得快不耐烦了，他才穿着拖鞋走出来。很威严的样子。

"去哪了？你？！"他问我。

我把头偏向一边。

"是不是没去上学？"他突然暴怒，"你跪下！"

"有这么严重吗？！"我在心里不屑地"嗤"了一下，居然被他看了出来。

他一脚踹在我的腿弯上。我知道我适合当兵就是因为他这一踹，因为我并没有被他踹跪下。

我微笑着看着他，嘲笑他与这个事件并不相称的火气。

家里的其他人围观着。显然也对我的不争气抱有怒气。但我宁愿相信，他们是想看到一个小孩子是如何被另外一个小孩子制服的。

六叔从屋子里拿出一根木棍，削得亮光光的，肯定花费了他不少时间。

"跪下。"在没有进一步威胁的情况下，火辣辣的疼痛就从我的腿部传上来。

于是，我跪下来，在一个只比我大几岁、并不比我高多少的人面前。屈辱和眼泪同时汹涌而下。

后来，我常常后悔，我宁愿承受身体的疼痛，也不想自尊被如此践踏。虽然他是我六叔。

我想，如果事后他能表现出一点点的愧疚，我也许会原谅他，但他并没有。

我有了发呆的习惯。幻想中的世界是五彩斑斓的，不同于这残酷的生活。时常走神使我看起来有点恍惚。心里的积怨让我变得对任何人都很冷漠。

当然，六叔是第一个。

他开始敲打我的头："你脑袋是不是上锈了你？"

在这样问我的时候，他会随时拿起某种东西敲打在我的头上，比如勺子、笤帚、筷子等。

我不躲，也不提异议。但我心里的凶猛动物不断茁壮生长着。

后来，我终于爆发了。有一天吃饭，我抽了一下鼻子，六叔用刚盛完饭的勺子一把敲在我的头上："抽什么抽？！"

我平静地走到晾衣绳边，找了毛巾把头擦干净，又坐回到饭桌边。

本来像平常一样敲完就完了，这时一件可笑的事情发生了，他自己也抽了一下鼻子。

我忍不住"嗤"地笑了一声。

对六叔来说，没有比这更尴尬的事了，他抄起一把扫帚没头没脑地敲起我的头来。

一边敲，一边说："让你笑？让你笑！"

我蓦地站了起来，我的鼻子几乎就要触到他的鼻子尖，我恶狠狠地说："不要敲打我的头，我告诉你！"

他惊诧了，后退了一步："你说什么？！"

我又重复了一遍，然后一步跨出家门。那夜，我彻夜未归。

自此，六叔不再敲打我的头。不是他不想，而是他不敢。

因为第二天清晨我回家的时候，他看见了我头上的血迹。

"怎么弄的？"他问。声音小小的。

我把头放在脸盆里，洗掉额头上的血迹，然后抬起头静静地对他说："和别人打架打的。"

他后退了一步。不相信的样子。

"在哪里？"

"在电影院，和四个人。"我冷冷地说，"不过，我没有输。"

六叔好像要说什么，但欲言又止，然后就进了自己的屋子。

从此之后，他再没有对我动过手。

二十三岁那年年末，我结婚了，在六叔眼里，我成了个像模像样、意气风发的人物。而经过生活的磨砺和几次不大不小的挫折，不到三十岁的他，已经变得像大多数农村这个年龄段的人，纯朴、胆小、脾气暴躁。

他酗酒的毛病一直没有改。我爷爷一直说，他们家出了两个酒鬼，一个整天在外面喝得醉醺醺的，一个整天在家里喝得醉醺醺的。在外面的那个是我，在家里的那个是六叔。

但我和六叔从来都不在一起喝酒，我和他一直有距离感。

见面打招呼都是生硬的。

我六叔有个毛病,喝酒后爱闹事,常常和六婶或者家里的其他人闹得不可开交。还常常闯祸,不是打碎块玻璃,就是踢坏一扇门。

我没携带妻儿逃离家乡前,和六叔住在一个院。每每六叔闹事,妻子让我去劝劝他时,我都会说:"他爱怎么样就怎么样,我不管。"

可有一次实在闹得不行,我忍不住冲进了他屋里。

"你到底有完没完?深更半夜的你折腾什么?"我声色俱厉地对他说。

他醉眼迷离地看着我,磕磕巴巴地对我说:"你……在跟谁……说话?你……我……可是你六叔。"

说罢,就要上来揍我。他近十年没犯的毛病又犯了。

我和六叔开始了第一次交锋。这时候,我已经不是个小孩子,而是比他更年轻有力的大人。

我抱着他的腰,一次次把他摔倒在地上。

但是只要我一放手,他就马上会爬起来。于是,我便揪住他的头发,把他按在沙发里,只要稍有反抗我就用手掌摁住他的头。

"别打我的头。"他悲痛地喊着我的名字,"别打我的头,我头痛。"

"以后还喝不喝?"我问他。

"你先管好你自己再来管我,你这个浑蛋!"他骂我。

"还骂？"我用沙发上的抱垫去堵他的嘴。

"我知道你记恨我，小时候我经常揍你，但你是我大哥的儿子，我不揍你谁来管教你。现在你这个浑蛋行了，你可以揍我了，你不让我喝酒，可是你每天喝得比我还多，你怎么不管你自己一回？"

他对我说他遭受的苦、他的压力，还有他永远也说不明白的委屈。他说如果有我父亲在，怎么也轮不到以前他打我，现在我打他，也不会有那么多的苦日子来折磨我们。

"大哥，大哥啊……"他哭了起来。他的大哥是我的父亲。

直到我也哭了。

我拍打着他的头，轻轻地。他的头发乱糟糟的。他是我六叔。

所有对他的怨恨在那一刻全部消失了。

二〇〇〇年三月，我举家出走他乡，在家门口，就要登上车的时候，一直抱着我儿子的六叔叫住了我："浩月，你等一下。"

"有什么事吗？"我问。

他拿手拍打了一下我的头，没有一点犹豫，也不顾现场有那么多的人，像以前那样的霸道。

我也拍打了一下他的头。

我们都笑了。

在艰难的日子里哭出声来

我从上海一家影院里跑出来找到网约车,冒雨赶往酒店,心中带着一点焦虑和犹疑。下车后,我快步进入酒店大堂,约我在这里见面的四哥已经等了一个小时。他几乎用"一把抓住"的方式握住了我的手,尽管我们已经有近三十年没见面。

神秘的四哥

自打有了微信之后,时不时地就会收到注册属地为"山东临沂"的好友申请,那个地名是我的家乡。我出生在临沂最南端的一个村子,村名叫大埠子。再往南四五公里,就是江苏的地界。

四哥大约两年前加我为好友。此前,他给我打过两三通电话,主要的内容就是介绍他是谁,他与我的童年往事。他热情地说起他与三叔喝酒的时候常常谈起我,我也很热情地回应着,内心却疑惑:"这是从哪里跑来的四哥?"

四哥也姓韩,但与我没有血缘关系。我自打成年之后,脑袋里装的东西太多，把许多童年记忆都覆盖了，忘了很多事，忘了很多人，自然也不太记得同村的四哥。但在他一把抓住我的肩膀和手的时候，一股熟悉又亲切的气息扑面而来——那是属于大埠子的味道。

通往大埠子的道路有两条：一条是沿河修建的河堰路，估计有几百年历史，坑坑洼洼，像是炸弹炸出来的，多年来只有拖拉机才能开过去；另一条是与河道和河堰路构成三角形状的水泥路，又窄又烂，个别路段被大货车碾轧得惨不忍睹。

或是交通极度不便的原因，外界的信息很难传递进去，整个村庄仿佛是孤立于世的存在，因此大埠子在我心中是个"黑暗村庄"，多少年来一直没有变过。想起这个村庄名字，就会想到漆黑的雨夜、雨后粪便四处流淌的"中央大道"、村外连成片的坟茔、时不时有野猫出入的巷道……

读梁鸿的《中国在梁庄》《出梁庄记》，找到了一些大埠子的影子。往日那些熟悉的人的面孔，恍恍惚惚在脑海里浮现。但大埠子是大埠子，它有一些梁庄所没有的东西。在这个无比偏远的小村庄内部，有着许多无法用文化或者传统来形容的事物，它更隐秘、幽冷，令人不敢触碰。

四哥带来了大埠子的故事，也复活了那个在我心中逐渐远去的村庄。

死亡的阴影

死亡从未在大埠子缺席。这个鼎盛时期有着两千多人的村庄，时不时会有离奇的死亡事件发生，无不考验着村里孩子们极为有限的胆量。

比如，传说有个老头天不亮就背着粪筐出门捡牛粪。一坨一坨的牛粪有规律地在前面引导着老头去捡，老头很兴奋，于是加快节奏把牛粪铲到筐里，直到一脚踏进一个积粪池，像踏进了沼泽地一样，一点一点地被淹没——村民们说他遇到鬼了。

遇鬼的传说隔三岔五地发生，小小的一个村子，也不知道哪儿这么多鬼。

四哥没遇到鬼，却在鬼门关走了一遭。

他比我大四五岁，上小学的时候，正是饥荒年代的尾声，家里米缸空无一物。有一天，四哥放学回来，发现家里堂屋门紧锁，大人在湖里（耕地里）干农活，被饥饿折磨得百爪挠心的他，搬起半边门硬生生挤开一条缝钻了进去。

家里任何角落都找不到现成可吃的东西，但这难不倒四哥。他眼睛一亮，发现了母亲腌制的一盆咸菜疙瘩，一个个吃了下去，直到吃得整个胃几乎要被胀破。

咸菜含有亚硝酸盐，这是常识，但很少有人相信，咸菜吃多了会要人命。四哥那时年纪小，大半盆咸菜下肚，亚硝酸盐开始霸占他的五脏六腑，直到天黑大人们回家，才发现四哥昏倒在地上，不省人事。

据四哥描述，昏迷期间，他仅剩下微弱的呼吸，心脏的跳动也几近消失。村里的赤脚医生，把能用的办法都用了，没有任何效果。等待着四哥的命运，是被抛弃。

二十世纪七八十年代的农村，经常有这样的例子，得了疾病，中了毒，根本来不及送到三四十公里外的县城。哪怕能送去，也付不起医疗费。更多的时候，只能听天由命。

四哥的父亲在赤脚医生放弃后，又找来邻村一个名叫张道中的中医。此人远近闻名，尤其擅长针灸。四哥的身上被密密地扎了一层银针。一周过去了，没有反应，十天过去了，还是没有苏醒的迹象。那位有名的中医也没有办法，不再上门。

父亲不忍心儿子就这么断了气，在没有一个人支持他继续救治的情况下，每天用棉絮蘸水给四哥擦洗身体。他认为，这样可以让那些"咸菜"慢慢流失掉。空闲的时间，他就跪在床边祷告……第十五天，四哥有了一次明显的心脏跳动；第十六天，四哥活了过来。

四哥说，父亲给了他两次生命。因为这件事，他成了父亲最疼爱的孩子。不过，这段特别的父子情，也为日后埋下了巨大的痛苦。

在艰难的日子里哭出声来

也许是因为咸菜中毒事件，四哥的智力受到了一定程度的影响，在青少年时代，脑瓜一直不太好用。但从鬼门关夺回一条命的四哥，也就此知道了命运的沉重，开始努力扭转自己的人生。那个时代，改变命运最好的方式就是考上大学。但对于一个家贫如洗的孩子而言，上大学是一件多么遥远的事情。

和许多农村孩子一样，四哥的大学生活是用自己辛苦的血汗、牛马一样的付出，甚至一次次苦苦的哀求换来的。他第一年就上榜了，分数足够读当地唯一的大学，却因为交不起学费，白白浪费了那纸录取通知书。于是，四哥开始了打工生涯，流浪到河南焦作，他想攒一些学费复读，准备第二次高考。

一九九二年夏天，四哥的弟弟和两名同学一共三人，决定从临沂扒火车去看望在河南焦作打工的四哥。车过兖州的时候，被联防队员抓了起来。那时正值打击"盲流"的巅峰期。

弟弟三人被抓后，没有立刻被送往收容站。联防队员命令他们脱掉上衣在院子里罚站，如果能坚持四个小时，就放他们走。在阳光下暴晒四个小时，很容易丢掉性命，弟弟问，能不能换一种办法。联防队员取来一桶五公升装的水，说如果他们中的一个人能一口气把这桶水喝下去，就可以走。

弟弟选择自己来尝试这个新惩罚。喝水之前，他哭着哀求，喝水的时候，千万不要打他的肚子，那么多水喝下去，一拳下去肚皮很有可能爆炸。联防队员默许了。弟弟艰难地喝完了那桶水，这场惩罚也就此过去了。

到达焦作后，弟弟与四哥碰面，讲述了这件事，几个人抱头痛哭。四哥说，他当时怎么也想不明白，世道怎么会这样难走，活着怎么会如此不堪。

四哥和弟弟几人决定回乡，又一起扒火车踏上回程，巧的是，在兖州再次被抓住了。联防队员还认得弟弟，任凭四哥怎么说自己是准备考大学的学生，怎么哭诉农家子弟出门多么不容易，仍然换不来联防队员的同情心。最终在暴晒和喝水这两种惩罚之间，四哥挺身而出，喝完了那桶水，忍着胃部的剧痛上路了。

回到大埠子见到亲人，诉说这一来一回的遭遇，所有人又一次抱在一起大哭。

成为老板的四哥

我在上海见到的四哥，已经是一位老板。他在重庆开了一家公司，已有数年，专事汽车配件经营，身家不菲。

这次四哥是来上海谈业务，偶然知道我也在上海，就改了行程，要见我，和我讲他的故事。"我愿意跟你讲这些事情，跟别人我不愿讲。"四哥说。

成为老板的四哥讲了一些行业黑幕，以及他如何从一无所有杀将出来的代价，陪人打牌，陪人喝酒，陪人唱KTV……

不到五十岁的四哥说，他最大的愿望，就是再挣一点钱，带嫂子环游世界。他说嫂子年轻时是个文艺女青年，最大的愿望就是"世界那么大，她想去看看"。

嫂子比四哥年轻差不多十岁。恋爱的时候，四哥擅自改了自己的年龄，少说了七八岁，等嫂子发现时为时已晚。

但四哥说，能骗一时骗不了一世，如果嫂子想离婚，他愿意净身出户，把所有资产都留给她。嫂子拒绝了四哥的建议。理由是，他小时候吃咸菜，脑瓜有毛病，担心自己走了之后，四哥承受不住。不知道这算不算甜言蜜语。

成为老板的四哥，身材高大，声音洪亮，走在街上和别的老板没太大差别，但少有人知道他这代农村孩子经历的苦难。

悲剧不会轻易从一个人身上撤退

乡村是一个温暖的鸟巢，炊烟是乡村最日常的浪漫，漫漫回家路是一段最向往的旅程……这些不过是对乡村一厢情愿的美化与想象。对许多人来说，乡村是一枚烧红了的烙铁，在一具具鲜活的生命上，盖下深深的烙印。无论过了多久，这个烙印依然会隐隐作痛。哪怕后来进入城市，拥有了所谓的风光生活，这些人身上的悲剧烙印，也不会轻易撤退、轻易愈合。

四哥一生最大的悲痛，不是吃咸菜差点被咸死，不是考大学交不起学费，也不是在烈日下喝掉五公升水，而是父亲的去世。

在四哥的母亲去世之后，父亲的生活一下子就空了。他独自生活在村子边缘的一个小院里，陪伴他的是一只画眉鸟和一条狗。两年前，画眉飞走了，只剩下狗。

父亲去世那天，大埠子村下了一场可以覆盖一切的大雪。有人发现他居住的小院着了火，人们去救时，已经无法靠近。等到火熄灭了，发现父亲倒在煤球炉上，只剩一副骨架，还保持着坐姿。

就在前一天，父亲去大哥家要钱，没多要，要一百块，这是每个儿子应付的抚养费。大嫂没给这笔钱，说家里太穷，拿不出来。

父亲转身去了二哥家。二嫂没说不给，而是说，就算贷款也得给这一百块，可是总得把款先贷出来吧？

父亲走了，没有再去三哥家。据村里人分析，父亲回屋后开始喝闷酒，喝多了不慎倒在煤球炉上。也有人说，父亲是故意倒在煤球炉上，因为母亲曾说过，希望去世后能不火化，保留一个全尸葬在一起。父亲觉得，这样就可以不用去火葬场了，既保留了全尸，又为儿子们省一笔火化费。

父亲只是不想活了

父亲根本不缺钱，四哥每月都会从重庆汇来足够多的生活费，逢年过节也都会寄钱、寄东西。但父亲觉得，自己有五个儿子，不能只让老四拿钱。被两个儿媳妇拒绝之后，父亲的心凉了。他也终于给自己的不想活找到一个合适的借口，自行决定消失于这个世界。

在父亲于大埠子村去世当夜，四哥在重庆的家里体如筛糠，汗出如浆，如洗澡一般。他以为自己感冒了，便躲进被窝里，以为睡一觉就会好。后来才意识到，父亲曾把自己佩戴了几十年的一块玉送给他，那块还浸着父亲体温的玉，让父子之间有了一种超越空间的联系。父亲用这样的方式，对他最疼爱的孩子宣布了自己将告别这个世界的消息。

第二天，四哥在开会时接到了来自老家的电话。放下电话，他坚持开完了整个会，但一个字也没听进去。

他没有在第一时间回大埠子，而是处理了公司的大小事务，在第三天才往家赶。他没及时回，是因为他恐惧。回，是因为自己知道终究无法逃避要面对的一切。但是，他也因此成为家族的罪人。

一个从小承受了太多苦难的孩子在成年后是不会哭的，因为眼泪已枯竭。

四哥有深深的、说不出来的恨与懊悔。但也相信，万事有命，命运不可阻挡。

四哥说了两件事，让我觉得震撼，甚至以为是假的、根本不可能发生的事。

第一件,是那只飞走两年的画眉鸟,在父亲去世的当天飞了回来。有人要赶它走,四哥说,别赶它,它是给父亲守灵的。果然,画眉鸟在父亲棺前盘旋了三个晚上,到父亲出殡那天,飞走了。

第二件,是父亲养的那条狗,在出殡那天,只要看到戴孝的人就摇尾作揖,看见没戴孝的人就狂吠不已。以后每当四哥回乡给父亲上坟时,小狗见到四哥,第一个动作就是作揖。怕我不信,四哥翻出手机里的一张照片,那条看上去很平常的土狗,真的立起后腿,用两只前腿给四哥作揖。

我相信,哪怕二十一世纪的第二个十年都快结束了,在大埠子这个遥远的村庄内部,仍然有一些无法解释的事物在运行。

四哥说,到了父亲出殡那天,大埠子又下起了大雪。大雪又一次把整个村庄覆盖,仿佛一切纯洁如初。

四哥花了一个晚上和一个上午的时间,给我讲完了这些,他如释重负。告别之后,他消失在上海街头,留下一个让我惆怅许久的背影。

我想起刘震云在《一句顶一万句》里写到的人物,他们不远百里、千里,去寻找那些被他们视为知己的人,不为别的,只为说上几句话。

四哥对我讲完了他的故事,而我把它写了出来,我们都得到了内心的平静。

坐绿皮火车去参加三弟的婚礼

差不多是十五年前了,我回老家去参加三弟的婚礼。

那时候还只有绿皮火车可以坐,要坐十一个小时的火车,才能到县城。到了老家,没有回家,直接就去了百货大楼,去给三弟买了一台 DVD。上一年春节和三弟一起喝酒的时候,说过等他结婚了,会送他一台四十二寸的彩电的。可这一年,我在外面混得也不好,不能实现承诺了,只好买台 DVD。并且,三弟的后面,还有四弟、五弟、六弟、二妹、三妹、四妹……这个头开了,以后我的日子就苦了。

三弟是我三叔唯一的儿子。我的家族是一个大家族,我的父亲是大哥,到了我这辈,我是大哥。所以,弟弟妹妹的婚礼,送什么礼物,给多大的红包,都不是最重要的,重要的是,无论我走得多远,在他们结婚的那一天,都必须回去。

他们都盼着,他们的大哥,能回去帮忙操持一些事情,却不理解,我已经离开家乡近十年,绝大多数朋友、关系,都生疏了,除了没用地坐在席上,等着弟弟或弟媳、妹妹或妹夫,端上来一杯酒，自己再惭愧地喝掉，我几乎不能为他们做什么。

在百货大楼拿了DVD机子，朋友开了一辆夏利车在门口等我。快过年了，县城的街道上人很多，车行驶到最繁华的地带时，抛锚了。发动机罩前冒着青烟，借了过路司机的灭火器，七手八脚地给车灭了火，我和朋友每人点燃了一支烟，蹲在马路边抽了起来。回家的感觉这时候才弥漫上心头，那种惆怅，有些疼痛，想大声地喊几嗓子，可不管心头怎么发闷，都喊不出声音来。

拿出手机给三弟打电话："三弟，我回来了。"三弟在那边叫了一声"大哥"，声音里还像小时候那样，嬉皮笑脸的样子。电话那头，很嘈杂，我听不清楚他在说什么，于是告诉他，我已经到县城了，可今天赶不过去了，要明天才能去他家。

三弟的家在离县城三十多公里的一个村子里，那里交通很不方便。三弟告诉我，明早吧，明天新娘子要到县城的美容院里化妆，我可以搭那辆婚车过来。

第二天清早，天刚蒙蒙亮，我从朋友家起床，到了城郊的一个美容院。冷清的美容院门口，停着一辆帕萨特轿车，几个小姑娘，正手忙脚乱地往车上捆花篮和贴彩色纸条。三弟从美容院里走出来，穿着黄色大衣。这件大衣，还是以前我留给他的，没想到，他一直穿着。

看见我，他笑嘻嘻地走过来，捶了我一下，叫了一声"大哥"，然后狠狠地抱了一下我的肩膀。他的个头比我要高半个头，可脸还是一个青涩小伙子的模样，也是，他才不过二十三岁，本来就是一个小孩子。我也是二十三岁的时候，结的婚，我知道，那个年纪，根本是个什么也不懂的年纪。

三弟的婚车装扮好了，我没和他一起坐车回去，而要他留下他的摩托车。他坚持不过我，把车钥匙给了我，又脱下大衣，给我反穿在身上。从县城到乡村的大路，空空荡荡，有时候，十几分钟都看不到一个人。天还是太早了。

我骑着摩托车，在路上飞驰着，冷风像刀子一样，顺着裤管和袖口钻了进来，除了心口有一些暖，其他地方，都是冷的。三弟的摩托车，马力很大，如果加足油门，它可以快到像飞起来一样。如果我一直在老家，也会有一辆这样的摩托车。我会像贾樟柯电影里的小武、小山、彬彬那样，苦闷地被囚禁在这喘不过气来的地方，浑浑噩噩地活着。可现在，我不在这里，不也一样浑浑噩噩地活着吗？

快到三弟家的村子时，我收到了六叔的一条短信，他说他的鞋子坏掉了，让我帮他买一双鞋子来。六叔曾是我们这个家族的骄傲，他把他的杀猪生意做到了上海和武汉去，在几乎就要成一个土财主的时候，却突发奇想倾家荡产和别人合开了一家焦炭厂，不久后因为污染下游村庄的环境，在某天下午，厂子被人用炸药夷为平地。

从那之后，他就一蹶不振，每天靠酒精麻醉自己。我掉转摩托车，回到了经过的一个乡政府驻地，敲开了一个鞋店的门，那里卖的都是假冒伪劣的皮鞋，最贵的不过七十块钱一双。

三弟的家在村子口，很好找。这个村子，我每年都会来一次，到祖坟上去上坟。以前是三叔陪我去，三叔老了，就是三弟陪我去。每次去的时候，都是天黑，三弟在前面用手电筒照着亮，我在后面跟着。

六叔正和一群人蹲在院子的平房顶上，他第一个发现了我，兴高采烈地问我："买鞋子了吗？鞋子买了吗？"我把鞋盒子扔上了平房顶，在别人的一片哄笑声中，他乐滋滋地穿上了新鞋子，转身将旧鞋子扔得远远的。

三弟的家没有什么变化，还是大白铁做的铁门，有一个大的院子，四间房子大而空，房间里显得很冷。那些贴在门上的大红对子，以及院子中央冒着浓烟的炭火盆，让这个家多了一些喜气。我也是在这个村子出生的，村子里的每一张脸看上去都非常熟悉亲切，只是叫不上来名字或称谓，他们却大多还记得我，说我没什么变化。不知为什么，每次回自己的出生地，内心都百感交集，也有点不自在，总想一个人走走。想去上小学的地方看看，去小时候游泳的河边看看，但最终都没有去成。

三婶在偏房里，包着水饺，她是在给我准备去上坟用的物品。几乎每次回家，她好像都在重复做着这一件事情。她每次对我的到来，都是不惊不喜的样子。甚至不抬头看我一眼，只是叫一声我的名字，停顿一下，说一句，"你来了啊"。我也通常只是喊她一声"三婶"，再也不说话。

她继续忙着手头的事情，断断续续地说着话，她说："你回来了，三婶有些话，还是要对你说，谁让你是班班（三弟的乳名）的大哥呢。当年你爷爷全家迁去了县城，只留下你三叔在这里，孤门独户，你能忍心你弟在这里被别人欺负吗……你爷爷现在住的房子，等他百年之后……现在你说话算数，你给做个主吧……"

我能说什么呢？我什么也说不出口。我不能告诉三婶，我已经脱离了这个家，这个让我牵挂又让我烦心、让我想回来看看，但真来了又不想多待一天的家。家里的事情我已经插不上半句话，整个家族中有十几个小家庭，几十口子人，我说什么都没用，也什么都不能说。我只能远远看着，看得撕心裂肺，看得疼痛入骨。

有时候，我恨自己，没有足够的能力，让我的家人都过得幸福一些。可我该做什么，我能怎么做？我有了自己的家，我变得自私，我做不到像我四叔说的那样，"为了整个大家庭的幸福，我宁可去死"。可四叔的心，也渐渐荒凉了，当他看到，这个大家族每次聚到一起不是争吵就是打骂的时候，他也一样，选择了退却。

三弟的婚礼开始了。大过节的，村里没多少人过来参加，院子里，只有十几个脸庞稚嫩的年轻人在起哄。好在鞭炮的声音震耳欲聋，把冬天的冷清消融掉了不少。

房顶的音箱里，播放着刀郎的流行歌曲《冲动的惩罚》，嘶哑的歌声，在乡村的天空下，显得分外寂寥。我在院子门口的土墩上抽着烟，和村里的长辈聊着天。穿着西装的三弟，胸口戴着一朵鲜花，他蹲在我的面前，跟我要了一支烟，顺手把胸口的红花摘掉，扔到了不远处的粪堆里。三弟有些懊恼，说，这是什么事啊,一辈子结这一次婚,一点也不热闹……我不知道怎么劝慰他,只是伸手胡噜了一把他的头,帮他打掉了那些落在头上的麦麸。

热闹很快就到了。不出所料地,几个叔叔喝多了酒,在房间里吵了起来。三叔和五叔关系好,和六叔不合。后来六叔和五叔的关系好,又和三叔不合。再后来三叔和六叔的关系好,和五叔又闹僵起来。四叔是个老好人,兄弟吵架的时候,他只会铁青着脸在一边生气。二叔性格懦弱,平时不言不语,喝了酒会哭,会拿着长条板凳追打那些吵架的叔叔。吵得一塌糊涂的时候,他们会一起哭他们的大哥。他们的大哥是我的父亲,我的父亲在一九八〇年的时候就去世了,留下了一帮没人管的弟弟和妹妹。

男人们在房间里闹的时候,女人们会在另一个房间里哭。每年的喜事,到最后都免不了有人哭哭啼啼一场。早些时候,我为这个发过火,我结婚的时候,提前告诉了长辈和兄弟们,只许笑,不许闹事,不许哭。可是,现在,我已经没有了这样的脾气。我也做不到挨个劝慰他们,我只有逃开,逃得越远越好。我的心里没有悲哀,什么也没有……

下午的时候,有人各个屋子里喊人,说要出来照相,说如果再不照的话,天就黑了。于是,三弟和三弟妹站到了爷爷奶奶的背后,其他凑起了二三十个人,分成四五排站在一起。我也用手机拍了一张,想看的时候就打开看看,又不敢看太长时间。

这里面的人,有的年龄已大,随时会离我们而去。每年也有新的成员加入,那些天真懵懂的面孔,在延续着这个家族的血脉。

婚礼就是这样，仿佛在行使着新旧交替的功能。看到家庭照片里年轻的或年幼的孩子，心里会欣慰。看到老人，会心酸。

三弟婚礼的当天，我就要走了，回去的火车票，买的就是这天的。高高兴兴地来，沮丧地带着一肚子鸡毛蒜皮的事情走，每次回来参加婚礼，都是这样。

大家庭里的那些矛盾，永远纠缠不清，让人难过。最难过的，还是家里的老人。每次我走的时候，奶奶都会哭，怪我留在家里的时间太短，不能跟她多说一些话。她了解我在外面的身不由己，所以，即使我一直不回家，她也一直在维护我的名声。

其实，每次赶回老家参加婚礼，我又何尝不是想维护和叔叔、弟弟们的关系，亲人毕竟是亲人，打断了骨头也会连着筋。

我妹艳玲

我妹走了。这是去年的事情。

收到这个消息的时候,我刚吃完晚饭,准备去洗碗。电话响起,那边带着哭泣声的话语,让窗外本就昏暗的夜色愈加浓稠起来。时间停滞了十几分钟,在头脑稍微恢复点清醒之后,我换好衣服,拿上车钥匙,连夜赶回家。

刚认识我妹的时候,她大约上初中二年级。去到家里时,很少见到她,偶尔见到,她也怯怯地不敢说话,称呼时也犹豫着,不知道是喊我"哥"还是"二哥"。她姐姐在家中排行第二,按道理喊"二哥"是对的。我和她姐姐结婚后,好像她也没改称呼,只是她说话声音小,经常听不清晰她喊我"二哥"还是"姐夫"。

她个子不高,脸小,永远一头学生发型,笑起来有酒窝,眼睛黑亮有神,别人说话的时候,她从不插话,只是笑着听。每次寒暑假以及春节家庭聚会的时候,她都会拖家带口齐齐赶到。虽然她四十岁了,但我看她,永远还是那个初二学生的样子。我像她爸妈、姐姐那样喊她小名"艳玲",跟她说"艳玲你坐那里""艳玲你吃那个菜"，除此之外，很少聊别的什么话题。

同是一个屋檐下的孩子，长大后各自纷飞。各人各家的生活怎样，要么是家庭聚会的饭桌上听到，要么是电话、微信里偶尔聊到，但生活湖面下的深水中，究竟隐藏着什么，如果自己不说，谁又能知道呢？何况这又是个不适合追问的时代，只能期盼着每个人、每个家都能安好。想到这些，在回老家的高速公路上，内心一阵阵疼痛，她的姐姐已经情绪失控，我的心里也一片灰暗，忍不住在想，是不是平时对她的关心太少了？悲剧的发生，是不是与家庭成员之间的联系匮乏有关系？

我妹的生活轨迹很单纯——她出身于教师家庭，考上了师范学校，毕业到县一中当了老师，第一次谈恋爱就结了婚，因为我妹夫总是给她买零食，把她喂胖了，她也就嫁了。起初，家里反对，但反对无效，她举了一个例子，让爸妈哑口无言，这个例子是："二哥当初条件那么差，你们不也是同意二姐嫁了？"她说得对，我和她姐姐谈恋爱的时候一无所有，我妹想当然地认为，这样的模式是可行的。我没觉得我妹选择错了，要说错的话，只能说造化弄人。

我妹好强、固执，这和她甜美的外在形成了很大反差。这些年，她究竟是怎么默默咽下生活的苦，我不知道，她姐姐不知道，她爸妈也不知道。她永远永远不会诉苦，哪怕面对自己最亲近的人。我为什么知道呢？因为我们是同一类人，表面永远云淡风轻，会说这好那好一切都好，不管夜里思绪有多愁苦，天亮了还是以笑容面对所有人、所有事。我心疼我妹，心疼她早早离世，更心疼她刚刚看到了好日子的开头，还没好好观赏和感受这个世界，就已永别。

我妹是县一中的骨干教师，她教高三数学课，同时也是班主任，把一届又一届高中生送进了大学。我很难把自己每年见到两三次的她和高三班主任对应起来——她一点儿也不严厉，看不出有任何脾气，这种性格的班主任，在班里只会被调皮的孩子气哭。但她确实做得不错，拿了一堆的奖状，职称也顺利地评过去了。如果她不当班主任，如果不必拿那么多奖状，如果适当调整一下工作节奏，她会不会还在呢——没法再假设了。

在生命的最后时刻，我妹独自开车去县医院看病。被推进急救室才半个小时，人就没了。她是怎么熬过从自己小区开到医院那段路程的？她为何没给任何人打电话求救，哪怕打个"120"？在这之前，她在家中沙发上躺了一个上午，直到数天不退的高烧又增加了温度，才让她真正意识到了危险。如果她能早一两个小时到医院，躲过这一劫的概率会很大。感冒怎么会死人呢？在老家，很少有人会相信这样的事，也很少有人会叮嘱，感冒了一两天觉得不对劲要马上去医院。妹，你太大意了。

第二天清晨，赶到老家县城，打电话给小孩舅，约在岳父家不远的路口，一起去见我妹最后一面。站在车外等待的时候，我有些恍惚，类似这样的见面发生过不少次，有时是家庭聚餐，有时是新房暖房，有时是庆祝孩子诞生。这次仿佛和以前也没有太大区别，大家各自赶来，聚到一个地方，为了同一个目的，但以往都是欢乐的，这次短暂的平静后，是即将扑面而来的悲伤。岳父和岳母被拦在家里，他们都已年过八十，无法承受这样的打击，不让他们见女儿最后一面，是为了他们以后想起女儿的时候，脑海里永远保留她小时候的样子。

在妹夫家客厅设置成的灵堂里，我妹安静地躺在那里，她的脸被盖住了，看不到她。一切如此不真实。我又陷入了过往亲人去世时的那种状态，不敢看任何人的眼睛，不知道站在哪里或者坐在哪里才好，只觉得时间如此漫长，漫长到像是能听到每一秒钟的指针跳动。所有人都无法接受这个现实——她那么好，那么善良，工作努力，是家里的主心骨，她应该像所有美好的人那样，一直活到老才对。死神在丢手绢的时候，为什么要把手绢丢到她背后啊？

有人把我妹生前穿的最后一身衣服，从一个袋子里拿了出来。那一瞬间，我停滞的思想忽然被激活了，整个人不再发呆，因为那衣服还有鞋子，明显在提醒着，它们的主人前一天还在人世间。那双鞋子在我眼里小小的，不像是大人穿的鞋子。死亡事件的发生，会扩大或缩小人的视力与感官。我觉得我妹回到了十多岁的时候，她上初中二年级，从学校里放学，发现家里多了一个陌生人，她被提醒说要喊我"哥"，她喊了，然后迅速地跑掉了。

我妹走了。"逝者为大"的传统在山东被特别强调，我们这些平辈的兄长，被安排在灵堂前行礼，我以前不大能接受这样的习俗，内心总是有点疙疙瘩瘩，可是在给我妹行礼的时候，却是心甘情愿的。我没法当众哭出声来，也不能吐出一个字，那就用叩首三次，送我妹远行。

我们缓缓前行，他知道无须急促

童年的时候，我是对死亡抱有好奇心的。

父亲去世的时候，我还小，对死亡完全没有概念，只略微知道，这个人，可能以后永远见不到了。

我母亲悲恸欲绝。整个大家庭里的人，都聚拢在院子里哭送父亲。唯有我，和别的小孩子一样，呆立在一旁，内心塌陷，不知所措，希望有人过来抱抱我的肩膀，安慰一下，告诉我这个事情的前因后果。

但是没有人这么做。我长大之后，莫名其妙地，心头总有一种罪恶感，觉得父亲的死和自己有关。再深一点去思考，其实是为自己当时没有能力去阻止这件事情发生而感到愧疚。

父亲去世的时候是二十九岁。在我二十九岁之后，有很长一段时间，觉得以后每多活一天，都是额外的、多余的、被命运所赠送的。产生这种想法，是因为内心一定是有些什么，陪伴父亲一起死去了。

或是过早地面对过生死离别的场景，我对死亡并没有恐惧，当然，也有可能童年的心灵出于一种自我保护，采取自我麻木的方式阻挡了恐惧。死亡是什么？我对它抱有一定的好奇心。

死亡是眼泪，死亡是冰冷，死亡是黑暗，死亡是伸出手去只能握到一片虚空？……是，好像又不是。

少年时，我常穿过乡村的一大片坟地，那里草木深邃，安静肃穆。通过那里的时候，会觉得死亡是一个永恒的居所，是争吵与喧闹的结束，是一种恒定与永久。有夕阳照射的时候，死亡甚至会有一丝暖意。

我经历的第二个亲人的离世，是我的爷爷。如同所有身在异乡的人那样，害怕接到老家打来的电话。因为那个电话，往往会带来一个自己不愿意接受的消息。

七年前，这个电话还是打了过来。那是个清晨，我被家里的固定电话吵醒，打开手机一看，有十几个未接来电，有好几个未读短信。在拿起固话听筒的那一瞬间，内心已经明白，将要听到的，是一个黑色消息。

乘坐回乡的火车，穿过城市与田野，车轮与铁轨撞击的声音，还有火车尖锐的鸣笛，仿佛都在提醒着我将要面临的一次告别。那个时刻很难熬，心像是煮在油锅里。

见到了爷爷最后一面。这是我第一次如此真切地看到亲人的过世。死亡是真的可以看到的，它缓慢但又不可抗拒地降临，如阴云压顶，如蚁阵行军。

可以看到死亡的气息在空中以某种形状在移动，在等待最后时刻，它以俯冲的态势夺走一个人对这个世界最后的留恋。在一声叹息之后，只剩下永久的安宁。

人到中年，葬礼就成为一个你不想参加却又不得不参加的仪式。

三年前，二婶去世了。她在街上不小心被三轮车撞了一下，受到了一点惊吓，回到家后到淋浴房去洗澡，可能是水温有点高，导致了晕厥，在无人发现的状况下，离开了人世。这是谁也想不到的事情。

亲人去世，最痛苦的是孩子。我回家奔丧，二弟看到我进门，抱着我就哭："大哥，我以后就没有妈了……"我们两个人泪流不止。眼泪有对逝去亲人的怀念，但更多还是对活着的孩子们的疼惜。

我小时候，二婶对我很好，经常把我叫到她家里吃饭。每次我回老家，她看见我都很开心，还像我小时候那样喊我的小名。在她去世前的那个春节，我带二婶去县城街上，给她买了一件羽绒服，她特别开心。那是我第一次给她买衣服，没想到也是最后一次。

于是，我也明白了，对一个人好，要在她（他）活着的时候，多关心她（他），一旦阴阳相隔，就再没有机会了。

继二婶之后，四叔也走了。同样痛苦的心理历程，又走了一遍。《他是世间一枚笨拙的陀螺》就是为纪念他而写。

四叔为了他的那个家庭，为了儿女能生活得好一些，像一枚陀螺那样不停地转、不知疲惫地转，直到自己转不动了为止。

　　写下这么多，其实如何理解死亡、如何诠释死亡都不重要了。那么多的诗人、作家，都曾描述过死亡。但每个人对死亡的认知与感受，不会是一样的。有的人很害怕，有的人很淡然，有的人逃避谈论这个话题，也有的人选择直面。

　　死亡是即将到来的日子。时间不过是一把尺子，可以丈量与死亡之间的距离。

　　艾米莉·狄金森写过一首著名的诗歌《因为我不能停步等候死神》，描述了她与死亡之间的距离。按照诗歌里的描述，"我"与死亡是在一驾马车上同车乘坐，她用轻松甚至有点儿戏谑的风格，来讲述她对死亡的态度。

　　"我们缓缓前行，他知道无须急促／我也抛开劳作／和闲暇，以回报／他的礼貌。"我在这首诗里，读到过世的亲人，也读到了自己。

下辑 遥远的风筝

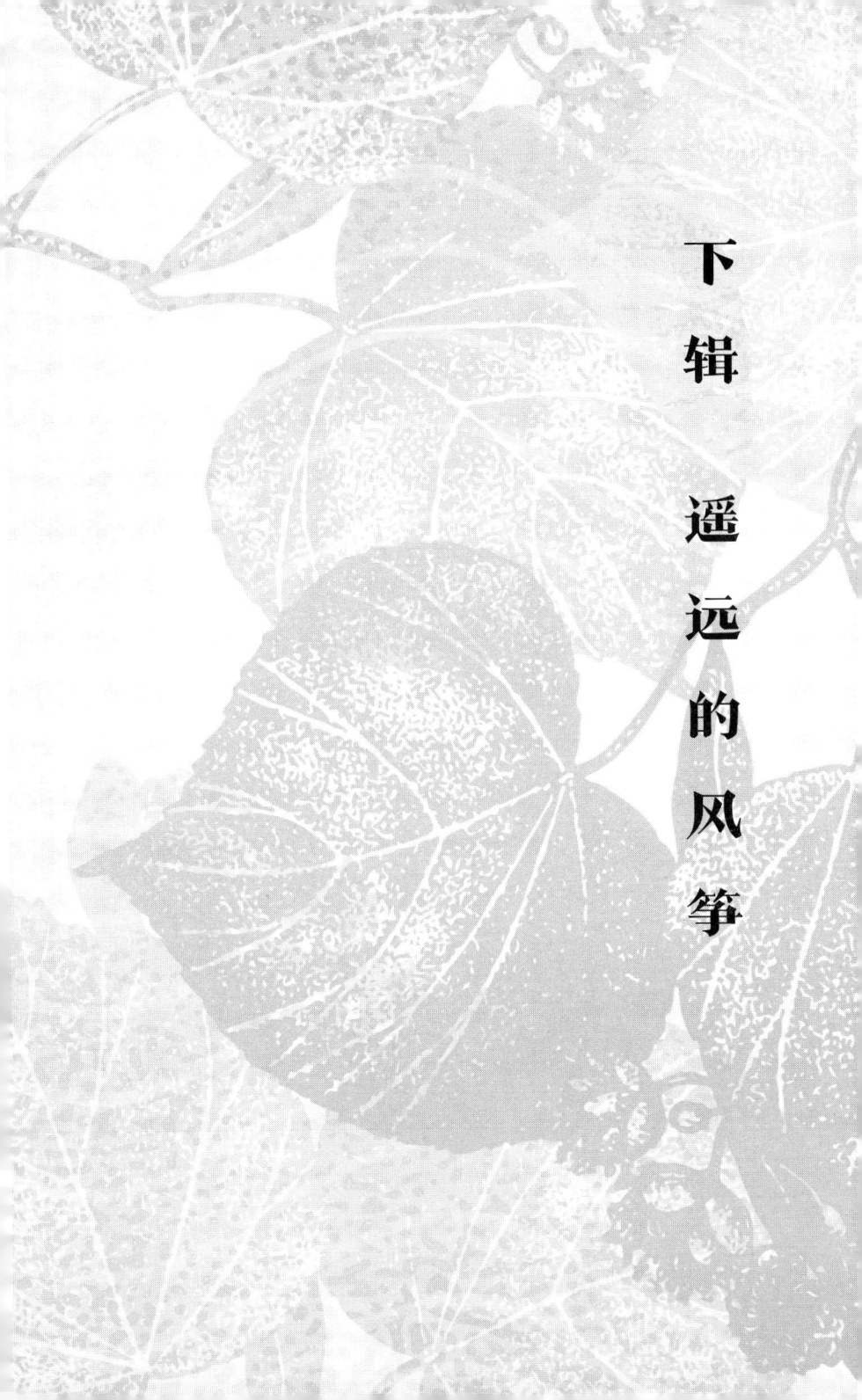

我怎么成了家乡的游客?

我在北京生活了很多年,每年春节回山东过年,成为与老家雷打不动的联系。这两年,或是年龄或是心灵有所成长的缘故,临近年关也不再紧张、忙乱,想想初来北京时回乡过年的情形,那种纠结感清晰如昨。

十多年前,我见不得火车站,人山人海的火车站让人望而生畏,每每接近火车站,就会不由自主地口干舌燥、心神不宁。平时可以离火车站远远的,但春节快到时,总要和火车站打交道,要半夜的时候去排队买票,等到天光大亮排到售票窗口,被告知:票卖光了。

没有票也得走。怎么办?要么买黄牛的票,要么先上车后补票。最早的六七年,年年是买了或补了站票回家的,一站就是一夜,有时还抱着孩子,车厢里空气污浊,温度忽冷忽热,下半夜困倦不堪,想找个让脑袋靠一下的地方都找不到。

那时毕竟还算年轻,竟然一点儿抱怨也没有,老家仿佛有股魔力存在,那魔力让你尽管意识到旅途艰难,想象到来回不易,仍要勇往直前。我们这些漂在外面的人，到了春节的时候，会愈加觉得自己"人不人，鬼不鬼"，在老家的根已经拔起带走，在暂住的城市找不到认同感，那种悲切，沉默着就好，用言语形容出来，也是无力的。

每年加入春运大潮中的人们，为何如候鸟一般的自觉、勇敢、无法阻挡？文化批评家朱大可对此的看法是，他们是在"搬运一个关于'家园'的文化幻觉"。

想想真是如此，人们通过运输自己，来在这个时间段密集发酵自己的乡愁，乡愁让人的情绪变得敏感，因此春节期间与亲人朋友的相聚，变得愈加感性，这种感性记忆刺痛平时忙碌麻木的神经，让人产生了回到"家园"的错觉。事实上是，许多人已没了家园，最浓烈的家园感觉产生在路上，到达目的地短暂地停留五六天之后，又要离开。

快过年时想回去，过完年又恨不得早点离开，这就是"家园"幻觉带来短暂幸福感之后必须面对的疼痛。留步在老家，不再出走，你会发现老家的压力一点儿也不比城市小，而且走的时间太久之后，你会觉得自己曾经无比熟悉的土地，也变得跟城里的柏油路一样坚硬。我们这一代漂着的人，之所以还没老就产生"老无所依"的感觉，和无家可回有绝对的联系。

自打有了私家车之后，就永久地告别了火车站，哪怕依然要驾车十多个小时，但总算摆脱被一纸小小的火车票控制的命运。为了减轻回乡的思想压力，也不再把回乡过年当成传统意义上的春节，而当成一次普通的旅行，订酒店，订餐馆，安排每天的行程，在家乡，我以一个游客的身份穿行，获得了相对而言轻松一些的姿态。只是，什么时候开始，我变成了家乡的游客呢？

据说，春运期间，以平均每人返乡、回程乘坐四次交通工具计，约八亿人将完成"春节大迁徙"，总流量超过三十四亿人次。电视里在欢天喜地播放着喜庆的歌曲，城市与乡村在除夕的那晚鞭炮声隆隆，传统的春节仍然在顽强地捍卫它国民第一节日的地位。飞机、火车、客车、私家车齐齐出动，载着八亿人流动。可有股黏稠的情绪，是交通工具所无法承载的——无处安放的乡愁，在奔波的轮子之上，四处游荡。

回乡十日

在酒店房间里低下头看了一眼鞋子,鞋带的后面隐藏了不少的灰尘。应该解开它擦拭一下,但时间紧张,马上要赶赴下一个酒局,就算现在擦干净了,依然会一脚踏进尘土里,于是便算了。猪年春节回乡,穿着这双带着灰尘的皮鞋,马不停蹄地奔走了十天。

第一天

北京的早晨,六点半准时醒来,这是生物钟在提醒,平时这个时间,是该叫醒女儿穿衣起床吃早餐上学了,但今天是回老家。

女儿九岁,出生在北京的她,经过这几年,已经对回老家的规律有了印象。她很愿意回老家,因为不仅可以与一堆孩子玩儿,还可以吃到吃不够的美食。"我有一个山东人的胃",这句话我跟她说过,她记住了,也时不时地说一说。

我的老家在山东郯城,是山东省最南边的一个县城,与江苏省接壤，地理上属于北方，但多少也有点南方气候的特征，比如冬天的路边和小区里，总能见到没被寒风冻死的树木绿植。

从北京到郯城，有三条高速公路可供选择，分别是京台高速、京沪高速、滨莱高速，我们最常走的是京台高速，离乡二十年，近十年都是开车回去，直线距离七百一十公里，往年要开十个小时以上的车，今年因为撤销省界收费站，以及修路禁止大货车上高速，速度变快了许多，仅仅八个小时就到家了。

在酒店住下，前台登记的小姑娘依然记得我们一家，我们去年春节就在这里住。她特意安排了酒店六层最靠里的房间，算是对"老客户"的照顾。她的好意的确是有一些用的，此后数天，酒店里经常从半夜喧闹到凌晨，走路声、吵闹声、敲门声，如果不是住得靠里一些，很难安稳地睡上几个小时。

酒店开在老电影院对面，旁边是县第二小学，最早的时候，这里是县城的中心地带。后来因为建设新城，这里依然是堵点，但没有了往昔的繁华。选择住这里，纯粹是因为我的一个情结，少年时我有大量时间在这里晃荡，那个时候，电影院就是我在县城生活的活动中心。

酒店在三年前是一个休闲中心，包含了一家新开的电影院和一个自助型的KTV。我带从二堂弟到六堂弟，以及四位妹婿、一个表弟在这里唱过歌，办了一张二百元的卡，唱歌喝酒一个晚上都没有花光。后来新电影院又去了更新的地方，KTV也倒闭了，于是便改建成了酒店。

从酒店的窗户向外望去，可以看到东边的大半个县城，当然，也可以看到二十年前的老电影。"郯城县电影院"这六个曾经硕大的字，要仔细寻找才能看得到，已经被数块庞大的广告牌彻底淹没。

第二天

昨天回乡的高速路上，我坐副驾驶的时候，手机收到刘哥发来的微信，问："是不是今天回来？到哪里了？"如实回答之后，刘哥迅速敲定，回乡的第一顿酒由他来安排，为我接风洗尘。

刘哥是我在老家工作时就认识的文友，说来友情已经持续了二十五六年，这二十五六年来，回乡的第一顿酒，绝大多数是刘哥安排的。我们老家重视接风酒这件事，还有一个原因是，通常第一顿酒能喝得更多一点，因为许久未见，因为高兴。如果放在第二场喝，往往因为第一场喝得太多，兴致就不会那么高了。

刘哥大我七八岁，但似乎从来都没有年龄的界限。我们的友情建立在酒桌上，当然还有一个放在以前不大好意思说出口的原因，我们的感情联系更多地通过文学。

刘哥把吃饭的地点安排在了北外环附近的羊肉馆。我们在郯城有一个文友群，他提前就约好了今晚能来喝酒的朋友，有孟哥、管哥、杨哥、陈哥、国旗哥等。其中，国旗哥是这次喝酒时论了年龄才改口的。此前我叫了他两年弟弟，为此还专门喝了一杯"改口"酒。

老家的饭菜在吃第一口的时候永远会让人有"热泪盈眶"的感觉,在羊肉馆里也是如此。吃一口菜,端一杯酒,眼和心都热了,通常这是喝醉的前奏。但因为这几位老兄年龄都比我大,酒量也不行了,我估量了一下,醉的可能性不大,就放心地喝了起来。

在老家喝酒,酒量再小,第一杯酒也是要干掉的。正常的话,如果喝到第二杯说喝不动,也就不再像以前那样劝了。那晚我们喝到第三杯。第三杯的时候,我说:"我给大家朗诵首诗吧,就朗诵前两天孟哥发在群里的那首诗。"大家便停了酒杯,看我从手机的聊天群里寻找那首诗。

"中年读诗"是我与北京几位朋友发起的一个活动。几个爱好写诗的人,聚会时读一读近期写的好诗,是个蛮好玩的事情,貌似还能抵抗一下"中年焦虑"。何尝不能把"中年读诗"带回老家?这是我在老家酒桌上第一次读诗,以往就算都是老家的文友聚会,也极少有人当众朗读的。

那天晚上,参加聚会的每一个人,都读了一首诗。北外环的大货车,时不时地轰鸣而过,羊肉馆里冒着蒸腾的热气,读诗的夜晚,不分大城与小城,都一样很美。

第三天

曾经和建军、峰峰、小强失联了几年。失联原因不明,但最大的可能是,那几年回乡待的时间实在太短,没机会聚在一起喝酒——当然,这也可能只是一个借口。

小强曾经在一次酒后打电话给我,大概也是我春节回家没主动与他联系的缘故,对我发了脾气。当时我也心情不好,对他说了句:"你喝醉酒后别给我打电话。"从那之后,他果真就一个电话没打。

这个事情,想来错误还是在我。于是从前几年开始,每次回老家,我都主动联系建军、峰峰、小强,少年时最好的四个伙伴,一起见一面,喝一杯酒。每次都是我订好饭店的包间之后,逐一打电话给他们:几点,在哪个饭店,房间号是多少。他们到了之后的第一句话总是:"怎么今年又是你请呢?"我说:"我请怎么啦?不是应该的吗?"

小伙伴们对我有没有钱这件事并不关心,反正在他们看来,像我这样靠写字生存的人,是个挺神奇的存在。每次喝酒时建军都会说:"以前我们有了点钱,都拿去吃了喝了,你不一样,你去新华书店买书。"今年,他又把这话说了一遍。

今年、去年、前年、大前年……如果有视频记录的话,回放起来会很轻易地发现,这些年来我们总是在谈论已经谈论过无数次的话题，无非是当年和我们打架的青少年现在怎么样了，当年追过的女孩子们现在变成什么样的大妈了，还有一起在工厂工作过的谁谁谁已经不在了。

还是有变化的。变化在头发，每年的白头发都会多一些。变化在生活：建军在搞民间放贷，同样搞这项业务的已经有不少赔光了，他还依靠着少年时就有的聪明才智活得很好；峰峰从街道会计的岗位上离开了，去了一家公司；小强从部队退伍回来之后一直在交警队工作。生活里的大事件，是生了孩子，是送走老人，除了生死，县城里没有什么能撼动人心的大事件。

小强不喝酒，而且恋家，六点钟坐下，九点多就想要回家看刚两三岁的女儿了。那晚我们三个人，喝光了两瓶三十八度的白酒，没有人劝酒，就是忍不住想要把空了的杯子倒满。整个晚上讨论最热烈的话题，是下次喝酒到建军那里去，从他收藏的各种老酒中挑选出最珍贵的一瓶喝掉。建军说下次不来饭馆了，去家里喝。

第四天

同学老陆说约了几位中学同学，晚上一起吃饭，可一直等到下午五点的时候，都没接到他的电话。我以为他忙，忘记了。老陆是县城里一家房地产公司的老板，有着好几摊生意，忙起来昏天黑地也是正常的。正在暗自庆幸可以休息一晚不用喝酒的时候，女同学萍打来电话，问我怎么还没到。原来老陆和萍互相以为对方给我发了地址，结果都没发。

萍在电话里告诉我吃饭的地方，还用微信发来了定位，那是位于县城远郊的一个工地，是老陆新开发的地产，他在工地餐厅里请大厨专门做了一桌丰盛的菜。

出租车司机按照定位走，在漆黑的郊外，找不到地方。老陆打电话说了半天，依然找不到，终于车开进了一片漫野都是塔吊的工地，看到了依稀亮光，才算找对了地方。我在电话里跟老陆开玩笑："你们这些企业家怎么吃个饭还得遮遮掩掩跑荒郊野外？"老陆说："你不知道别乱讲，外面吃不到我请的厨师给你做的菜。"

进了房间，迎面看到一个身材魁梧的人坐在主宾的位置上，一眼便认出来，是我中学的英语老师季老师。季老师当年英俊神武，是出了名的帅哥，也是出了名的暴脾气，许多学习不好的学生见了他都绕道走——我是其中之一。为了化解学生时期对英语老师的恐惧，我快走几步到老师身边，以他来不及反应的速度拥抱了他，然后师生二人四目相视，久久不知道该说点啥才好。

晚上来的同学，除了老陆、萍、繁华和茜云，还有两位我叫不出名字的同学，我上中学到了初二的时候，因为我们初二（三）班的学生实在太过难管，于是被强行拆分，与学习整体较好的初二（四）班进行了半数的学生交换，所以我有两个初中班级的同学，也导致许多同学认不太熟、叫不出名字。

繁华兄年长我三四岁，大概是初二（四）班的班长，是女同学们喜欢的帅哥类型,是学校里的风云人物。他说:"像你们这些比我小三四岁的,当年压根不想带你们玩儿。"我们说起了当年的很多趣事,比如语文老师王老师,因为喜欢给女生辅导作文,黄军服的背后被男生们甩了一溜的黑墨水;比如学生们冬天值班看守教室,把隔壁班的课桌椅偷来点着了取暖险些把一排校舍烧掉⋯⋯

彼此劝着不要喝多、喝醉,但还是喝了不少。中途的时候,我穿着单件的衬衣,没有披羽绒服,去外面洗把脸,刺骨的寒风吹在身上也不觉得冷,回到房间的时候,跟季老师说了一句话:"年龄再大,见到老师的时候,瞬间又变成了孩子。"大家又是一片唏嘘,纷纷干掉了一杯酒。

我已经连续四个晚上,喝掉近半斤的白酒。不能再这么喝了。但相比于前几年,已经轻松了不少。

第五天

成叔在从济宁回来的高速路上给我打电话,打了三十多遍没打通,然后他打了我六叔的电话,通了之后说的第一句话是:"浩月肯定把我的手机号拉黑了。"于是,在一个小时后他带着一身寒气走进酒店包间的时候,我们就我电话有没有拉黑他的问题,讨论了半天。

我是把成叔号码拉黑了的。在前一天打电话约他吃饭的时候,忘记了往下拉一下看看,所以,导致他想要联系我的时候,电话打不进来。"你怎么不发微信?"我问。他答:"微信哪有电话快?"

拉黑他的原因,是有一次他喝醉了酒,半夜的时候打电话给我,不但自己跟我说话,还转着圈让一桌和他喝酒的人跟我通话,每次通话莫名其妙地断掉之后,又会再一次打来。这么折腾几番之后,我快速决定把电话暂时拉黑。我试图用类似的办法,来制造一点界限感,但对于老家的朋友来说,他们并不认可"界限"这种在城市里大家都默认的东西。

最后我诚恳地跟成叔说,那是有一次你喝多了频繁给我打电话,我拉黑后忘了把你放出来,我不仅拉黑过你,别的几个叔我也拉黑过。他哈哈大笑,不以为意。

对于要不要请成叔吃饭这件事,六叔有点儿犹豫。成叔是六叔的朋友,也是我少年时代的朋友,他们两个,年龄仅仅比我都大三四岁而已,所以虽然有辈分在那里,但在很多时候,我们是像兄弟那样相处的。

对于成叔,六叔有一套他的说辞。他说他对成叔很好,管他酒肉,帮过他无数次,但成叔总是说他的坏话。那天晚上成叔一整个晚上都在批评六叔。六叔那晚有点郁闷,能看出来,他与成叔有点隔阂。

成叔对六叔说:"我不管你怎么评价我,我也知道你不想理我,但这是你想不想理的事吗?你以前帮过我,是我唯一的朋友,所以现在不管你什么态度，我的态度不变。只要你做错事，见你一次就骂你一次，服不服都骂。"

在酒局结束之后，我邀请成叔去咖啡馆坐坐。

除了想要知道六叔尽力隐瞒不想让我知道的糗事外，我想更多地了解一下成叔，写一写他的故事。他在十七岁的时候与几个朋友打死了一个小偷，成为少年犯，被关进监狱，从无期改判为十五年，最后坐满了十二年牢出狱，最好的青春年华在监狱里度过。出狱之后，整个世界已经变了，我想知道那十二年牢狱以及出狱之后的这些年，他是怎么过来的。

尽管以前每年都见，但在长达十多年的时间里，我没机会听他讲自己的故事，这晚，在咖啡馆里，成叔整整讲了三四个小时。

这晚，没喝醉。

第六天

以往每年我生日的这天，都是二弟买生日蛋糕，他是记得我生日最清楚的兄弟，每年都会提前操办。我不喜过生日，但在二弟这些年的"培养"下，也习惯了在这天把整个大家庭的人聚齐。今年的家庭大聚会，人来得特别齐，大人小孩加在一起有三十多口人。城里能容纳二十人以上的包间都没有了，今年在城外河边新开的餐馆订了一个房间。夜晚的时候，饭馆挂上了红灯笼，远远看去，颇有年味。

订的房间可以坐二十六人，桌子已经够大，但显然还是不够用。还是依照往年的办法，先把蛋糕切了，分给孩子们。上菜的时候，大人聊天，孩子们先吃；吃饱了之后孩子们跑出去玩了，大人们再吃。

人多了容易闹矛盾，都是很小很小的矛盾，有的是在桌上闹的，有的是在吃完饭后隔几天才闹的。往年这样的聚会结束后，总得花一些时间来解决发生在弟弟妹妹之间的一些小误会。但今年的聚会结束后，并没有任何冲突发生，看来每个人都在成长，懂得包容，珍惜这难得的热闹和聚会了。

开始喝酒的时候，我和我的兄弟们挤坐在一起，两张椅子坐三个人，因为只有这样才坐得下，坐得亲近，说话与喝酒就更频繁了一些，我逐一地给弟弟们敬酒，弟弟们反过来给我敬酒。和我喝完了，又纷纷和他们的大嫂喝酒、开玩笑，在还没喝醉的时候，我张罗小孩给拍照，兄弟几人留下了每年一张的聚会照片。

今年的照片，我自己看上去，不像是一群中年兄弟的聚会，倒像是一群长相显成熟的"老少年"的聚会。所谓"过年回家"，不正是因为有这些能喝到面红耳赤的兄弟，有这没法被时间与距离更改的亲情吗？

第七天

去看望孙叔和表姑，给他们送节礼，这是我每年看望各路亲戚时必不可少的。孙叔是我在镇政府工作时的领导，我年轻那会儿什么都不懂，他亦师亦友，教了我许多东西。孙叔已退休数年，年龄也逾七十。给他准备了北京的二锅头酒、旅行茶具，还有茶叶，没打电话就过去了。

到了孙叔搭建在田野路边的村屋时，发现那里已经一片建筑垃圾，去年就说到的拆迁，今年已经完成了。打电话给孙叔，按照他的指引，到了村子口的一栋三层红砖楼房前，孙叔从房子里走出来，气色比去年要好一些，或与脚上的伤愈合有关，他身体显得比去年健康多了。

孙叔说他被拆迁的房子，补偿了十五万，但搬家到安置楼房里，需要交十七万。房子目前还没有开建，什么时候能搬新家，遥遥无期。现在住的房子，是租自己侄儿的。三层红砖楼房虽然宏伟，但走进里面看，发现除了铺一层地板砖外，基本没有装修，房里烧着传统的炉火取暖，散发着淡淡的、熟悉的、呛人的煤灰味道。

与孙叔告别的时候，如往年一样约定，等夏天的时候，来找他喝酒，但每年夏天我都失约。明年夏天若是回老家，与孙叔的这顿酒要补上。

给表姑打电话，一直打不通，表姑父的电话也是。正在他家楼下守着的时候，表姑的电话打过来，说是在教会聚会，会堂里屏蔽了手机信号。表姑说："你不用来了，年年来送礼，你赚钱不容易，表姑过意不去。"我表姑和表姑父在八十年代帮过我们整个大家庭一个大忙，不但帮着把户口从农村迁回了县城，还帮着给找房子、找工作，我小的时候，经常去表姑家吃饭，在镇里的工作，也是表姑父介绍过去的，这样的帮助，怎么会忘记呢？

一直到下午，等到表姑回家，在家里坐了一会儿，聊了一会儿家常，在表姑准备去厨房做饭的时候，我走了。也是许多年说好了在她家里吃顿饭，但都没有吃成，表姑对此不满意，她还想像小时候那样给我做顿饭。

第八天

昨天三叔打电话来，问什么时候去大埠子上坟。定好的昨天下午去，三点的时候到。但三叔说大埠子下雨了，据说还有大雪。当时看了眼酒店窗外，天色有些阴沉，想想三十公里外的大埠子此刻下雨或下雪，就有些发愁，本来县城通往那里的道路就很难走，雨雪天气过去会更加困难。三叔说，不要来了，路不好走，他感冒了，还要去挂水，挂完水得三四个小时，明天再来吧。

这是今年回乡过年最悠闲的一天，因为早早就定了去上坟，所以没有安排其他的见面与酒局，睡到十点起床之后，有时间做点自己的工作，喝一杯茶，发一会儿呆。

傍晚的时候，果然如三叔所说，大雪来了。是真正密集降落的大雪。先是雪的颗粒，后是牙签一样粗细的雪线，再后来就是鹅毛大雪了。酒店的楼顶，安装了探照灯，雪顺着探照灯的光线降落的时候,形状与轨迹都非常清晰,拿手机过去拍照,效果非常棒,每拍一张都是"大片"的感觉。

躺在床上,把房间的窗帘拉开了大约三十厘米的一条缝隙,枕在枕头上往外看,深棕色的窗帘之外,是一道亮光,亮光的背景,是雪天特有的阴沉的夜晚,雪花在亮光里飞舞……整体看上去,宛若窗帘背后,有一台巨大的液晶电视,正在直播下雪的场景。我就这么看着这个场景,看了近两个小时,已经有许多年,没在看雪这件事上花费这么多时间,心里特别安静,奔波多天积累下的疲累,也仿佛消失无踪。

这个晚上,忙着拍"老家下雪了"的照片发朋友圈,拍下雪的小视频发社交媒体,赚来了很多的点赞和评论。其中,发在社交媒体上的下雪视频,招惹来了很多郯城老乡,其中竟然有一位留言说:"我就住在你住的这家酒店的 609 房间。"我没有给他回复"我住 603 房间",因为担心这么回复之后,他会立刻提一瓶酒过来找我喝一杯。

享受雪景的时候,内心还是有一点点担忧,担忧明天上坟的路怎么走。我离开大埠子村超过三十五年,每年春节都回村上祖坟,给父亲上坟,一年都没有落下过。早些年是步行或骑自行车去,后来是骑摩托车去,租车去,再后来是开车去。从一个人去,到两个人去,到三个人去,再到四个人去,我的每一点变化,大埠子村都知道。

有两条路都很难走,一条是从异乡回故乡的路,另外一条是从故乡县城通往我出生村庄的路。

第九天

夜里天气温度在零下,早晨太阳一出来就到了零上,昨晚的大雪没有结冰,留下了满地厚厚的一层雪渣,被车轮一碾,就化成雪水流到下水道去了。看见街道上有不少车在缓慢地开着,放心了不少,下午去上坟,看来不会被耽误了。

临近告别返京过春节的日子,安排更加繁忙——上午去岳父岳母家陪聊天,中午去妹妹家吃午饭,下午两点的时候出发去大埠子。在县城里,去买纸钱的时候,媳妇说这次她去买,她觉得我买纸钱的时候有点儿抠门儿,每次买得不多,这次她要做主。她下车十几分钟后,拎来了硕大的一个黑色塑料袋子,里面除了两束鲜花外,还装满了大面额的冥币、金树银花、金条、金元宝之类的祭奠用品一应俱全,还说:"给你爸买了部手机,苹果的。"女儿好奇地问:"iPhone 几?""iPhone X。"

三弟给了我一个定位,告诉我按照他那个路线走,可以避免走错路,但车子还是走到了一条大约一公里的正在修建的泥泞路段,在提心吊胆缓慢驶过这段路并且托了一次底之后,成功地开进了大埠子。和往年一样,三叔、三婶在家里包饺子、炒菜,准备去上坟。上年坟和别的时节上坟不一样,要有酒有菜有饺子,如果遇到结婚生子、升学这样的喜事,还要放一挂鞭炮。

哪怕是上坟，也是有偏心的，这几乎是所有人都很默契的地方。在大埠子村的西边，是一片祖坟，有六七座，三叔每次带我们去的时候，总是给他尊重的长辈多烧一些纸钱，关系远一些的长辈少烧一些。"意思意思就行了。"他总是这么说。

但每次上坟，我的父亲总是要独享所有祭品的一半，而且总是要把最好的留给他。这也算是乡土秩序与情感教育中的一种，人在生前的时候，要尽量去帮助别人，要取得好的口碑，这样的话在逝去之后，才会有更多的人怀念，私心里仍会更多地"照顾"你，哪怕只是一堆焚烧的纸钱，代表的也是人心的厚薄与情意的深浅。

九岁的女儿对给爷爷上坟这件事印象深刻，她似乎很愿意和我们一起去做这件事，以前年龄小，不带她去，她还表示了不满。用送纸钱、敬酒这样的方式，来表达对一个人的思念，在她看来或许不懂，但她对这个形式似乎有独特的认识。

坦白地说，在我年轻的时候，并不认同祭祖这件事有多重要，也是在三十五岁之后，才有了更多的思考和更心甘情愿的行动。我也并不完全赞同，孩子们要用传统的方式来纪念长辈，只要他们心里记得就好，形式并不重要。但耳濡目染，孩子们长大后，依然会像我们这样，用乡土的方式来怀念他们的亲人吧。

儿子和女儿把带来的两束鲜花，放在了他们爷爷的坟头。如果没有意外，这是他们的爷爷去世三十多年后，第一次收到真正的鲜花。女儿问我："把这些花插进泥土里，会开更长一段时间吗？"我说："不用了，想开的话，这些花会自己扎根，明年春天自己开的。"

第十天

本来可以再待一两天再离开的，但已经待了九个夜晚，每天吃饭、喝酒已经让身体疲劳到了极限，再加上酒店内外环境嘈杂，没办法休息好，决定还是按照计划在这天返回北京。

回想过去的九天，之所以显得特别快，是因为整个人处在一个走马灯的状态，神经高度紧张的状态。想了想，原因在于，无论见什么人都要打起精神，以全新的面貌来面对亲人、朋友。

每天在走出酒店房间之前的最后一个动作，是洗脸，货真价实地洗脸。洗完脸之后镜子也不照一下，就一脚踏进故乡里。此时的故乡，是一个梦境，无比真实的梦境。在这个梦里，要提醒自己，多留下美好的记忆。

装了三个旅行箱的衣服，已经全部用掉了。鞋子上落的尘土，可以擦一擦了。故乡，明年我依然会归来。但真正想要歇一歇，还要回到七百多公里外的家里。那里窗明几净，暖气温度合适，可以一觉睡到中午。

在车里，问女儿，老家好吗？还想回老家吗？她的回答是，太好了，不想走，因为这里有最好吃的烤冷面、王师傅肉串、油条、烤牌、糁……她说了一连串郯城的美食。她出生在北京，但却有一个老家的胃，基因遗传就是这么神奇。

问这些的时候，汽车的后备箱里装满了亲人给准备的大米、冻豆腐、盐豆子、大蒜、辣椒、羊肉……它们的气味混杂在一起，通过隔离层隐隐约约传递了过来，把这些味道带回北京，大概够假装在故乡生活一个月。

少年王成

在黑暗的电影院里，看一部第六代导演拍的电影，银幕上有个青年，年轻、英俊，面庞有点胖嘟嘟的，骑着摩托车在山间道路上行驶，镜头长时间地追着他的面庞在拍。影院里是空的，只有我一个人，拿出手机拍摄了银幕，将图片传给了王成："看看，这个演员像不像你？"

过了一会儿，手机屏幕亮起："帅！真像。"我把手机装回口袋，试图专心地看电影，脑海里却不断浮现出王成的少年时代。那也是我的少年时代。

1

二十世纪八十年代末的郯城县城，白天街头永远给人冷清的感觉。夜晚热闹的地方，也仅仅只有电影院及其周边。对了，还有医院，周边人会多一些，那会儿生病的人似乎特别多，医院里的人永远是满的。

围绕着医院，产生了许多小生意。炸油条的、卖水果的、蒸馒头的、做面条的、做烤牌的、卖凉菜的……王成的家人在十字街东北边卖烤牌，我六叔的女朋友在十字街西北角炸油条，两家都从外地迁移而来，好像有点亲戚关系，因为这个，王成与我六叔成了朋友。

我那时在联中上初一，和六叔住一屋。所以严格说来，我与王成不能算朋友，论起辈分，要喊他成叔。但我们年龄太相近了，他最多大我四岁。再加上都没有年龄概念，所以，很多时候，我们还是以平辈的朋友身份相处。

和王成走得更近一些，是因为我们有共同的爱好，收集古铜钱。康熙通宝、乾隆通宝、绍圣元宝、崇宁重宝之类，我收集了满满两罐子，珍贵的挑出来，放在集邮册里，每天欣赏。

我的古钱币来源比王成要丰富。每次回我出生的村庄大埠子的时候，在别人家院子里，土窗台上，看到有散落或成串的铜钱，就会伸手索要，去姑家或婶子家，也会不告而取。王成看到我集邮册的稀有钱币很羡慕，常常要拿他的跟我交换，我担心他拿便宜的换我贵的，往往会拒绝。

但如果有重复的，还是愿意送给他一两枚的。每次收到，他很高兴，眼睛会放出亮光来。或许是出于这种亮光的吸引，我送他的古钱币越来越多，记得有一次，干脆把一整罐都给了他，虽然有点不舍，但那时这么做的动力估计是：这就是友情！

如果不是因为那年夏天发生的事，王成会度过平凡、顺利的一生。

2

一九九〇年夏天，肯定与别的夏天一样是炎热的，但想起这年夏天，记忆里总有股阴凉的感觉。那时候的年轻人，除了偶尔看场电影、去大礼堂看场广州来的歌舞演出，没有别的什么娱乐，大多数无所事事的时间，都用打扑克来打发。

王成与四五个年轻人，在其中一位的街边店面里打扑克，从关上店门之后开始打，一直打到第二天早晨天蒙蒙亮的时候。这个时候该是早起的人，去糁铺喝糁汤的时候了，几个年轻人打着哈欠往糁铺那里走。

晨光里，一个小偷在撬门准备行窃。早晨不是一个行窃的好时候，几个年轻人一拥而上，把那个同样年轻的小偷教训了一顿。如果只是教训教训就好了，等到年轻的小偷躺在地上一动不动，他们才知道闯了大祸。

公安、检察院、法院，依次介入，案件本身没什么复杂的，复杂的地方在于年龄的认定。如果满十八岁，就会被判重刑；不到十八岁，会判轻一些。王成那时十七岁，但小时候上户口没搞清楚，身份证年龄已经满了十八岁。

涉事的每个家庭，都在为了孩子的年龄奔走呼号，王成后来说，有的家庭花了五千元改了年龄，轻判了，他的家庭拿不出。

我问他:"有证据吗,没有的话别乱说话。"

一九八三年有过一场席卷全国的"严打"行动,在王成被判的一九九〇年,"严打"的说法仍然在,参与"教训"小偷的几个年轻人无一幸免,主犯被判死刑,两个从犯被判无期,其中一个是王成。

在判决生效、被押送去监狱服刑之前,几个年轻人和当年被判的其他重犯,被拉上街头游街。大幅的白纸黑字的判决公告贴满了县城重要位置,长长的游街队伍蔓延了几百米,街道两边挤满了围观的人群,被吓破胆的年轻犯人脸色惨白。

王成被送往监狱服刑的时候是冬天。他好几次回忆说,最后一次会面时,我六叔哭得满脸是泪,当自己被警察架走的最后时刻,六叔脱下身上的毛衣塞给了他。

在监狱里,他像保护自己的命一样保护这件毛衣,穿不舍得穿,洗不舍得洗。出狱时,别的东西都送了或扔了,唯一带回家的是这件毛衣。从一九九〇年到二〇一九年,这件毛衣被王成保存了快三十年。

二〇一九年春节,在酒馆的包间里,王成和六叔又开始抬杠。不知道从什么时候起,两个人开始不对付了,王成一口干掉了一杯酒:"要不是你送我的那件毛衣,我们哥俩早完了。"

本来我以为,王成说完这句话后会眼红掉泪,但他没有,他只是在陈述一件事,并没有解读这件事的意义。我猜想,在监狱无数个难熬的日子里,王成肯定这样想过:无论韩六以后怎么对

少年王成 / 135

他，他都得对韩六好。

3

韩六是我六叔，王成叫他六哥。高兴的时候喊他六哥，不高兴的时候叫他韩六。韩六在一九九〇的时候，也刚刚过了十八岁，因为担起了家里的大梁，成了赚钱养家的主力，所以那天晚上没有和王成一起打牌，否则他们就成狱友了。

王成服刑的地方在微山县，那里有个湖叫微山湖。说起那个地方，王成喜欢用微山湖这个说法。郯城县到微山县，现在走高速是一百六十二公里，开车约需两个小时。但在三十年前，没有高速，坐公交也要转数次，去一趟要花上一整天的时间。六叔是探望王成最多的人。

那是一条漫长的探望之旅。六叔用积攒许久的钱，买了烟、食物、水果，"千里迢迢"地奔向微山湖去看望他的朋友，一年三四次。

开始时不知道怎么坐车，下车后不知道怎么走，一路问路。走多了之后，也不意味着那是条坦途，曲折、颠簸、困乏，明明是一段不长的路，走起来却没完没了。

王成说，监狱里的人，盼星星盼月亮一样盼着有人来探望。有的人每周都能见到家人，每周都能收到在外面很常见的食物；有的人坐了十几年牢，一个人也没来过。王成在等待了三个月后见到了六叔，他没形容过两人第一次见的情形，但我能理解那种等待的滋味，以及还没有被人遗忘以及放弃的滋味。

一九九四年秋天之后，我到临沂的一所学校上学。六叔交代，给王成写一封信。我写了，不知道写了多少封，忘记了写的什么内容，但每次见面，王成都会说，那些信他还保存着。

不知道那些信，过了这么多年会破烂成什么样子。每次回老家约王成喝酒，先浮现在脑海里的不是他的面孔，总是他说的那句话，"你给我写的那些信，我还保存着。"

4

"你在监狱那些年，是怎么过来的？"这是我一直想问王成的事，却担心他不愿回忆往事，所以一直没敢问。终于在二〇一九年的春节，我们打破僵局，开始了与这个核心问题有关的聊天。

他说，他在监狱里成了老大。所谓老大，我理解的就是《肖申克的救赎》中安迪那个角色。我不信，在一个满是狠角色的地盘，他一个刚刚成为大人的"新人"能成为"老大"，无异于天方夜谭。"你与别人有什么不一样的地方？"我问。他正经地回答："我有感情。"

狱内是一个弱肉强食的地方，谁横谁有理，谁狠谁地位高，但王成找到了更厉害的武器，就像他形容的那样："监狱里的通行证，不是权力，不是钱，不是物品，而是感情。"想来也是，在一个不用讲感情的地方,"感情"自然就成了稀缺品。

王成在进入监狱的第一天,就开始了自己的新生,他没有把"感情"从自己的思想里切割掉,反过来,"感情"成为他手里的"硬通货"。

所谓"懂感情",就是会说话,讲义气,擅长处理冲突,并把事情引导到自己能掌控的方向中。不知道王成从哪里学到了这些。

他的身材并不高大,年轻时甚至还有些羸弱,但很快,牢房里的老大,把他从最靠近马桶的最差的铺位,调换到了整个牢房唯一有一床破棉被的"五星级床位",那些敢于欺负他的狱友,无一例外都被更有实力的狱友一顿暴揍。

因为表现良好,王成很快被监狱警察注意到,被提拔为协助狱警管理狱内秩序的人,不知道专业的称谓叫什么,权且称"协管员"吧。"王协管员"很快得到了两边的承认,他从不靠出卖狱友来讨好狱警,但对监狱安排的活动与任务,却总是能很漂亮地完成。

监狱里的生活太苦了。体现在食物方面,那时候人们的生活刚刚转好,普遍生活条件都还比较差,监狱里面自然要比外面糟糕。王成刚进去的那年,一天往往只有一两个窝窝头和一碗稀粥。对于饭量正当年的成人而言,那点窝窝头根本不够。

中午的时候,犯人会把窝窝头掰开搓碎,有阳光照进来的地方,放在阳光下晒;没阳光的地方,就等着它慢慢阴干。在这个过程里,每个人都死死盯着自己的窝窝头,等待窝窝头渣干了之后,他们会再次把窝窝头搓成细粉状,和卫生纸掺在一起,等到有热水送来,冲泡在一起吃。

主食都不够,自然就谈不上菜了。每当犯人保持良好的秩序,或者遇到节假日,或者在组织活动中获了奖,发饭时食堂就会给每个犯人一小块咸菜。为了这块咸菜,每个犯人都会对发饭者极尽谄媚,得到大一点的咸菜,就会感恩戴德。出狱后的王成,至今还对咸菜情有独钟。

偶尔有女犯人经过,被放风的男犯人看到,总会引起一阵骚动。王成这样说,看到她们,就像看到烟花一样,"砰砰砰"地绽放,一路走一路绽放。他想到了小时候看星空,心里像是装满了棉花。他说得那么自然,像一个诗人。

有需要外派劳工的机会,王成总是会被指定为人员挑选者。人员齐备之后,坐着监狱的车外出劳工,可以看到街景,吹到自然风,直接地晒到大太阳,而且可以吃到监狱外面的饭菜,对于能出工的犯人来说,这简直是超凡待遇。

王成带工几十次,从来没有出过任何差错,他取得了管理人员的信任。时间久了,很不应该的是,他与其中一名狱警成了朋友,一个非常严重的隐患自此埋下。

在某个休息日,王成从狱警那里要到了摩托车,载着三四个人进了微山县,不仅下了馆子,还喝了酒。如果他们在吃完喝完之后准时回监狱,一切就会像没发生过一样。然而,一个喝多了的狱友在酒楼里与人打了起来,报警后几个人全部被抓。

少年王成 / 139

事情败露后,狱警被辞退并被追责,出去"逍遥"了不过两个小时的犯人,无一例外全部被加了刑。

犯人和狱警是不能成为朋友的,这违反了规则。但在犯人出狱之后,一切法理、情理上的阻碍便不存在了——王成和当年在监狱工作的狱警与领导成了朋友,他时常给他们发短信,逢年过节的时候发,平常有苦衷的时候也发,他们偶尔也回复短信,劝告他要认真工作、好好生活。每年,王成还会去一趟微山县,与那些帮助过他的人们聚一次,谈谈往事。

减了三次刑,王成由无期改判为有期,在监狱里一共待了十二年,偿还了他的错误,换回了自由身。十二年,整个世界都大变样了。

5

第一次回到郯城,走在熟悉又陌生的大街上,阳光刺眼,王成有头晕目眩的感觉。明明主要的街道与建筑物都还没变,为什么这么难以适应?他不知道,是整个社会上的人变了。

对刑满释放者的歧视,让王成回到家乡有成为贼一样的感觉。开始的几个月,他躲在家里不敢出门,生怕遭遇异样眼光。偏偏邻居中有位比较爱唠叨的老太太,每次看到他或者路过他家,总会念叨几句"杀人犯""没天理""害人精"之类的话。

王成被连续骂了三个月,终于有一天,拿着菜刀到老太太的家门口,冲着她家的木门连砍了几刀,从此老太太见到他都躲着走,闲话也渐渐少了。"我不想当一个坏人,可不当一个坏人我就混不下去。"王成说。他的话让母亲感觉天又要塌一次,母亲预感到,他的儿子很有可能"二进宫"。

王成犯事之后,母亲天天哭,几乎哭瞎了双眼,跪碎了膝盖。现在儿子能回到身边,这已经是老人下半辈子最大的欣慰。

砍完邻居老太太家大门的王成回到自己家,看到痛哭的母亲眼里干瘪得再也流不出一滴眼泪,知道自己错了,他发誓,再也不给母亲闯祸,从今以后当一个孝顺的、打不还手骂不还口的儿子。

王成的狱友们出狱后,有不少做成了事,他们中间有人邀请王成去大城市,就在办公室坐坐,每月发不菲的薪水,但王成拒绝了。坐了十二年监狱,他觉得自己欠了老母亲太多,无论生活是甜是苦,绝不再离开母亲。

王成在建筑工地上谋了份工作,拿了份微薄的薪水。但他的日子过得并不辛苦,因为,"感情仍然是一份硬通货"。在他结婚需要盖房子的时候,他的朋友们用了三天时间,给他凑了六万块钱,把婚结了,把孩子生了。

他在讲述这件事情的时候,我们一桌六个人在六叔家吃饭。看到我眼神瞬间滑过的怀疑,他对身边一个朋友说:"你帮我证实一下。"他的那个朋友当即从兜里掏出一张卡,对我堂弟说:"去楼下自动取款机,给你王成叔取一万块钱来。"堂弟问:"真的吗?"那个朋友说:"那还有假?"

这个情形,是在大家都喝了酒的情况下发生的,堂弟下楼十来分钟后,取了一万块现金,交到了王成手里。我表面不动声色,内心"目瞪口呆"——这种直爽地表达感情的方式,我已经许多年没见过了。

6

二〇一二年秋天,王成来北京看朋友,我在三里屯东边巷子里的一家餐厅请他吃饭。几个人喝了两瓶白酒,离开饭馆的时候意犹未尽,在街边咖啡馆坐下,每人点了一份喝的。

王成点了一杯意大利咖啡,服务生端上来之后,王成发现咖啡杯只有酒盅那么大,一饮而尽之后发牢骚:"几十块钱一杯一口就没了。"我们都开怀大笑。

每次回郯城,王成总要张罗请吃饭,去了,他就很高兴;如果因为时间紧,没来得及聚成,他就会生气,然后会在接下来整整一年的时间里念叨这件事。于是每年回家,便有了一个不可或缺的聚会。

记忆最深刻的一次聚会,是我们几个人一起到郊野铁道口旁边的一家小酒馆里喝酒,喝了不少酒之后,我和王成到铁道边抽烟。午后的阳光照在耀眼的铁轨上,也铺满了一望无垠的田野,我们抽了一根又一根烟,没说什么话,沉默地待了十几分钟。我觉得，那胜过很多言语的交流。

二〇一九年春节的这次聚会，喝完酒之后我请他去喝咖啡聊天，中间我出来点酒，回头看他也跟随了出来，习惯性地把衬衣卷到了肚皮之上，看他晃晃悠悠走过来的样子，仿佛是看到十七岁的他，一个年轻的、健康的、脸圆圆的年轻人，毫无心事地享受他的生命。

我把他卷起的衬衣拉下，整理好，对他说："你还小吗，多大岁数了还跟个古惑仔似的？"

他不好意思地笑了。

这就是少年王成的故事。今年，他已经四十七岁。

夏日之城

也许该告个别

那是夏天的一个午后,朋友顾维云敲开我家上锈的小院铁门。在此之前,我已不晓得睡了多长时间,直到外面敲门声如雷鸣般响起方惊醒。对故乡的春、秋、冬均有较深的印象,但唯独对夏天的记忆比较浅,可能就是嗜睡的缘故,导致了我错觉夏天太短,短到来不及仔细体会就过去了。可是当二〇二三年夏天我重回故乡的时候,烈日当空,蝉鸣如泣,热风浩荡,原来真如他们所说的那样,夏天才是一个漫长的季节。

住在城郊的一个街巷里。看别人写的文章,笔下的街巷总是热热闹闹,邻里之间你来我往,互送茶饭,欢声笑语,一片祥和;对比之下,我住的街巷寂静得怕人,如果是夜里如此寂静倒也罢了,偏偏是亮得令人睁不开眼的白昼,也不见几个人影,他们都去哪里了?家人们都忙什么去了?为什么午后醒来,总是我一个人面对空空的院落?

顾维云穿着白色的衬衣，旧了，但洗得干净，白衬衣立挺着，有些正式。他问我："是不是忘记了今天的大事了？"我迷迷糊糊地说："我们还有什么大事？"他提示说："郯城师专啊，颁奖礼！"我想起来了，我们一起参加了我们县组织的一个文学写作比赛，他获得了一个二等奖，我获得了一个纪念奖，他是来叫我与他一起去领奖的。我套上了衣服，但怎么也找不到鞋子，只好非常不好意思地穿着拖鞋和顾维云领奖去了。

到了师专，我们拐弯抹角走了一大段路，怎么也找不到颁奖活动举办的场所，直到经过一座红砖垒造的教学楼时，有人打开窗户喊："是来领奖的吗？就差你们俩啦，赶紧的吧。"拿到了获奖证书，我很想给王红写一封信，告诉她这个好消息，但想了想还是算了。这封信并没有写，事实上那时候我就知道，这是一封永远也不会写出来的信。

我和顾维云是职高农经班的同学，住一个宿舍，我们从家里背着煎饼、咸菜去学校求学，毕业后可能会被分配到农管站或者种子公司之类的地方工作。试想一下，那会是一份多么理想的工作，如果可以在农管站或种子公司上班（最好是坐办公室），业余时间写点诗，那简直是神仙一样的生活。王红是我们的班主任兼政治课老师。那会儿，我们交的政治作业，除了正常的作业内容外，还会在后面的纸张上额外写一首诗。她会用红笔圈改批阅，并没有说我们不务正业，反而鼓励我们办起了油印的班报。上职高的第一年，别的什么也没学到，光顾着刻钢版、搞油印去了。

职高所在之地，是一片莲花盛开的地方。那片开满莲花的湖泊，不止几十亩几百亩，而是几千亩。用现在的眼光去看，那不过是一个具有观光附加价值的特色农业基地，然而，在当时我们这群少年心目中，却是一片浩渺、庞大、神秘而浪漫的地方。我们的个头也不过与耸立的莲花一般高，走在莲花湖边的田埂路上，更是渺小得不可见。我们把自己学习成绩差而只能被职高录取的原因，总结为这是命运的青睐，得以在三年的时间里与莲花相伴，还把周敦颐的《爱莲说》、王昌龄的《采莲曲》倒背如流，痴想自己可以在莲香的浸润下，变成一个不一样的人。

我们的王红老师，是一位多么聪慧的女子，她自己也偷偷地写诗，也在我们提交的作业上"发表"她写的诗歌。当然，为了避免我们这些半大小子胡思乱想，她说等到周末的时候，她会去临沂城里，找她还在上大学的男朋友，帮我们润色一下诗歌。她装作不经意说出的一句话，让我们立刻就懂了。

我作出辍学决定的时候，只跟顾维云一个人说过。那时候，一个学生离开学校，并不需要提交什么申请，事后学校也不会去追踪学生的去向，只要知道这个学生不是因为安全问题消失了就好。顾维云满面愁云地说："我们分别了，以后也没有人陪我一起写诗一起去湖边散步了。"我说："你记得要找我，写了好诗记得多抄写一份，到时候拿给我看。"顾维云答应了，也的确多次到我家找我。后来，他毕业分配到了县种子公司开的门市部，我们见面的机会又多了些，但不知道为什么，我们的友情总是淡淡的，不像我后来交的那些狐朋狗友，在一起胡吃海喝，闯祸作乱，这反倒让我们积攒了更长久的友谊。

在宿舍收拾好东西，推着我破旧的自行车，向校门口走的时候，经过了王红老师的宿舍，她的窗户亮着灯。那会儿，她该是在批改作业，或者写诗，或者给她的男朋友写信。她是刚毕业的新老师，年龄比我们大不了几岁，应是处在同样充满幻想与迷茫的年纪。不知道她后来的命运如何，是怎样被岁月的手一点点推送到她该去或者不该去的地方。我、顾维云和王红，以及那些个早已记不起名字的同学，都是湖面上初生的还没有扎好根的荷叶，遇到大风，水波荡漾，碰一下就分开了。

也许，我应该去和王红老师告个别，但这个问题并没有使我踌躇太久，只是走神了一两分钟，我就毅然决然头也不回地离开了。正是盛夏，荷花疯长，旧自行车的声响淹没在花香鸟鸣中，黄昏之后，月色澄明，我向十多公里外的县城骑去。

《英儿》

顾维云问我有没有女朋友，我说没有。其实是有的，有也只是一厢情愿的有，人家并没有明确地答应做我的女朋友。我问顾维云同样的问题，他皱紧眉头，没有回答我，只是把一本雷米和顾城写的《英儿》交给了我，让我看。那本《英儿》已经被翻得卷了页。

我在有着生锈院门的小院房间里读《英儿》。夏日的一场暴雨过后,雨滴穿过屋顶漏雨点落到水泥地面上,发出响亮的声响,从那时候开始,我开始关心远方的事情,比如新西兰激流岛,还有一切撞进我眼帘的陌生地名。我想顾城为什么要去激流岛呢,那是多么遥远的地方;还想顾城为什么要举起斧头,他们明明可以有安宁、幸福、诗意的生活⋯⋯也是从那时候起,我知道了生活有某种巨大的不安定性。越是平稳、安静的生活表面之下,越有可能酝酿着风暴。那种不安定性,让人夜不能寐,心神被搅动,一刻也不能安宁。

我在城西的街道边上开了一家录像厅,顾维云每过个十天半个月的样子,便会拿几份报纸或者杂志给我。那些装着印刷品的信封上,写着他所在的种子公司的收信地址。我凝视着那个地址,说,种子公司是个多么奇怪的公司名字啊,我们什么时候能把自己像种子一样寄出去呢?顾维云来的时候,经常是清晨上班前,我打开录像厅的门,把门口打扫干净,在吴宇森《喋血双雄》《纵横四海》的台词旁白还有音乐伴奏下,与他有一句没一句地聊着天。

我读完《英儿》后,把它又拿给女朋友看。她在一个卖钢铁产品的门市部工作,说是门市部,其实就是大门旁边的一间小平房,硕大的场地上,摆满了三角钢、盘螺钢、钢管、钢板等钢制品。她清秀的脸庞和这个钢铁市场门市部格格不入,我总觉得她不会在这里待太久。因为我开录像厅只有晚上才有活儿干,白天的时间里,我整天都待在她的门市部,不说话,只是待着,饿了的时候买两份饭,一人一份默默地吃着。《英儿》那本书在我送给她的第二天她又还给了我,说看不懂。顾维云知道我把《英儿》借给了别人看很生气,说,要是丢了怎么办?

在钢铁市场门市部待够了,我就在县城的每一个巷子里晃荡。白天的县城,像是罩在一个白色的蒸笼里,隐约地散发着一团团的蒸气,可是正午的阳光打在巷道的墙上,又显得特别干燥。我用手指划着墙上的砖头,数着一块又一块砖头的数字,数忘了就从头再来,指肚处的肌肉留下了许多记忆,又湿又滑的砖头,长着青青的苔藓,还有粗糙的砖头,一不小心就会划破指肚处的皮肤。保持在一个水平线上的手臂、手掌和手指,隔一会儿就会掠过一扇门,手指会拨动门环,发出一声响,这一声响不足以让门内人惊醒并感觉到有人要敲门进来,顶多恍惚觉得是风大吹动了门环而已。

顾维云再次来找我,把一本印刷粗糙的杂志递给我,其中的一页发表了他的一首诗,有他的名字和通信地址。他说,最近收到了很多人的信,我说他的诗写得很好。不知道为什么,我和顾维云一直没有一起出游过,包括在巷子里闲逛,去图书馆阅览室读报,到台球厅打球,以及在路边摊吃饭等,这些我与其他朋友常一起做的事情,和他都没有关系。他偶尔来,我们只是谈谈诗。对了,他的样子是微微胖的,笑起来眼睛会眯成一条缝儿,可他也很少笑,他更擅长很严肃地说一件事。我想,我与他的这种散淡关系的形成，大约与我们在湖边职高一起求学过有关。那座偏僻的学校，让所有的人看上去都有一种清冷的感觉。那几千亩湖水中栽种的莲花，每年盛开并结出莲蓬果，那些花瓣用手摸上去触感是凉凉的，而莲蓬果的滋味则永远离不开淡淡的苦涩。

去最遥远的地方

顾维云从上海写来了信，他终于离开了种子公司，离开了那份安逸的工作。他说他在上海的一家工地打工，搬砖、砌墙、运水泥、打磨地面。他为什么要去上海呢？想到这个问题的时候，忽然想到此前"顾城为什么要去新西兰"这个问题，难道是因为他们都姓顾吗？总而言之，能离开家的人，就像一柄被生拔出湖面的莲花一样，多少都会带有凄绝的艳丽感与前途未卜的悲伤感，同时又让人着迷。

每个你认识的人，都会以很特别的方式在你的言行习惯中留下痕迹。由于顾维云习惯在信里把"你"写成"妳"，后来我也习惯了这么写，但这明明是女性的第二人称代词，而不是我最初所认为的仅仅是"你"的繁体字写法。意识到这点后，我在手写信中纠正了许久，但有时候还是会不自觉地把"你"写成"妳"，也许这是对远去朋友的一种纪念吧。

顾维云去上海的时候，天气正燥热得厉害，夜晚的录像厅没有空调，只有一台摇头扇在无力地摆动着头颅。女朋友周末休息的时候，我带她去县城的每个角落闲逛，去师专校内的小河，去北关再往北的田野，到新华书店顶楼天台上站着俯瞰全城，只要我想带她去的地方，她都不问缘由，都跟假小子似的愿意跟着去，但她从来没有一次答应做我的女朋友。

那天，在北关再往北的那片田野深处，阳光让人无处可躲。在寻找任何一棵可以乘凉的小树时，我们发现了一个废弃的深井，便在井边坐着闲聊天，一根又一根地嚼着翠嫩的草叶茎。我突发奇想地说："如果你不答应做我女朋友，我就从这里跳下去。"她说，你可千万别，我说，我要跳，她说别，我说必须跳，话音未落整个人就到了井底。从井底抬头往上看，一片圆形的天空晴朗无比，她甜甜的表情中带着一种焦虑和担忧。她很生气地说："如果你不爬上来，我就自己走了。"我说你走吧，她没有走。井底下有点凉，再不爬上去就凉到骨头缝里了，我悻悻地费了不少的劲儿才爬到井上面。她用手把我拉了上去，（那是我们第一次拉手，）然后头也不回地跑了。这是这辈子我第一次如此花费力气却徒劳无功，自这之后，无论再遇到多么徒劳无功的事情，我都觉得很正常了。

有时，我想给王红写一封信，告诉她我和我女朋友之间的故事。我打算隐瞒真相、修改结局，告诉她我在井底时女朋友答应了可以做我的女朋友，前提是以后不能再做跳井这样的傻事。顾维云写信来告诉我，王红已经从职高调动到了我们县城的一中，（命运的浮萍又被水波推动了一下，）得到这个消息后，我知道这封信不必写了，我和她的直线距离不超过一千米。我不会再在作业本上写自己的心事给她看了，自然也不会去县城一中找她，直面那种永远也不会发生、一直处于想象当中的尴尬。我想像顾维云那样离开县城，去上海，去北京，去任何一个说中文的但却最遥远的地方。

被锁住的时间与记忆

顾维云从上海写信来，说他从打工工地的脚手架上掉了下来，摔断了腿，又接上了，至少需要休整半年才能康复。我特别为他担忧，也深为以前在县城时对他照顾不多而内疚。他一个人在上海举目无亲，现在又受了伤，如何能熬过漫长的养伤时间？我想去上海看他，但那时我的活动轨迹，还从未超过县城周边方圆五十公里，上海太远了，我不敢去。我说："不用工作了，你有时间，可以好好写诗了，如果在上海活不下去，也写不出诗，就回县城，也许还能继续回种子公司上班。"

顾维云收到我这封信之后，一直没有回信来。再次收到他的消息，是十多年后我在北京时。有一天，我打开许久不登录的博客后台，看到一条留言，留言的作者是一串英文、字符混杂的名字，留言内容短短不过几十字，但我还是迅速判断出来他是顾维云。我很想知道他在上海的腿伤痊愈了没有，之后又去了哪里做了什么。我回复了留言，问他是顾维云吗，如果是，请打我的手机号码。后来，我十几次登录博客后台管理界面，再也没有收到他的回复。我和他的联系终止在那个夏天。

顾维云也许不知道，在没收到他回信的日子，那个夏天的末尾，我也成了一名工地工人。录像厅因为观众太少而关门了，我爬上了高高的脚手架，用双腿把自己固定在脚手架的时候，我把解放出来的双手伸向了天空，想去捕风捉云。那是无比幼稚的动作，能换回来的评价最多是工头在地面上的怒吼："不想活啦？想死也不要死在我的工地上！"有时，我爬上高高耸立的吊车操控室，俯视着整个县城。街道上的绿树，还不足以成荫如盖，平房与楼房的房顶都光秃秃的，这让我非常失望，觉得城市如此单调枯燥，夏天如此漫长无趣。

二〇二三年夏天，我回到故乡后再次想起顾维云，事实上每次回乡都会想到他，但从未想过主动地去寻找他。去哪儿找呢？问谁找呢？我们的青春在某个夏天开始，又在某个夏天结束，以后无论再有多少个夏天，都是对以前的重复。我在这重复中挣扎，借助酒精的作用，在午夜的街头呼号两声，然后又沉沉地睡去。夏天的闷热仿佛凝固了一切，它与硕大的冰柜作用其实是一样的，高温不会让一切的保鲜期都变短，不会让一切都缓慢地腐蚀、变烂，当夏天具体作为一个季节写进大脑记忆里的时候，它即是永恒。

这年夏天，在饭局的酒桌上，我见到了一位三十五年没见过面的童年朋友，我拥抱了他，我们的眼泪都打湿了对方肩膀。他就在这个县城工作、居住，有很多次联系和见面的机会，但两个人都没有行动。我们那晚说了很多的话，喝了很多的酒，互相加了微信，但在此之后，仍然疏于联系。这闷热而狭小的夏日之城，如同《权力的游戏》中寒冷的北境，它锁住了时间、记忆、习惯，也锁住了一些人的一生。

顾维云，我还是不会问你现在在哪里，某天我们在县城街道上遇到，最好都已经眼花到互不相识。

曾和我一起晃荡的少年朋友

记得还是三四年前,见到了虎子。我回老家过年,三叔问我:"你还记得虎子吗,小时候你们总一起玩。"当然记得,虽然许多小学同学都忘记了,但怎么会忘记虎子呢?我们一起掏鸟窝,到河里游泳,在田野里烧烤各种野味。记忆里,虎子和他的名字一样,虎头虎脑,憨厚异常。三叔说:"你等一会儿,我叫他去。"我还未来得及阻止,三叔就一溜烟跑了。

过了十来分钟,一个身材硕大的汉子,跟在三叔后面进了院。他是虎子,我叫了他的小名虎子,他也热情地喊我的小名浩月。大家不约而同地说,这得多少年没见了,时间过得太快了。算起来这次我和虎子见面,与上次已经相隔了差不多三十年。

考中学的时候,我考上了,虎子没有,当时就意味着分离,再加上我们举家迁走,命运已经注定两个小伙伴以后会"天各一方"——真的,在那时候的小孩子看来,三十多公里的距离,足以称得上遥远。搬家的时候,虎子专门来看我,忘记了他有没有送我礼物,我则是把父亲留下来的几本精致的会计算账本留给了他，算是一个纪念。但有一点是我永远难忘的，那就是虎子的表情，写满一个孩子的难过，是那种想哭又特别羞涩找不到理由哭的表情。我坐在拖拉机的尾部，看着生活过的村庄变得越来越小，心里充满了茫然。

到了县城的时候，给虎子写过信。虎子也回信，只是内容有点儿少。和我更擅长书面表达不一样，他似乎不愿意通过写信这件事来抒发感情。到了县城，我有了新的朋友，慢慢地，虎子就在我的生活里淡去了。在此后的一些年里，虽然每年我都会回我出生的村子，但每次都是来去匆匆，没能再见到虎子。

三四年前那次碰面时，我们一点儿没有尴尬，还有儿时的亲切在，就是不知道还可以多说点儿什么。或许沉默，就算是最好的交流了吧。对了，还有烟，还有酒，燃烧的烟和碰杯的酒，藏着那些说不出口的话。

除了虎子，我少年时还有两位重要的朋友，其中一位叫健健。健健是我在县城生活时的邻居，也是我在那里结识的第一位朋友。他少年时好像有一段时间生病，脸色总是苍白，但这丝毫没有影响我们常在一起玩。一起骑自行车在深夜把县城逛了一遍又一遍，一起翻电影院的墙偷跑进影厅里看连场放映的电影。

健健有一位美丽的姐姐，姐姐的房间里充满女孩儿的温馨，最有吸引力的是，她的房间里总是有最新的杂志，阳光照进房间的时候，暖洋洋的，坐在房间里的凳子上翻看杂志，成为我们少年时最静谧的一段时光。姐姐的房间平时不允许别人进去，却额外开恩对我和健健开放，每周总会有那么一两天的上午或下午，我和健健在姐姐的房间里读杂志度过。健健并不像我那么爱阅读，他通常把带美女图的杂志快速翻了一遍之后，就去客厅看大人打麻将去了。我则是一个人逐页地把那些杂志都翻完再去找他。健健总是有耐心地等我，从不催促。

我们的关键词是"晃荡"，晃荡来晃荡去，无所事事，内心充实。和健健在一起玩的时候总是打架，通常都是他引起事端，而我冲上前去帮他打出第一拳。有一天晚上，健健的姐姐在街头唱卡拉 OK 的时候，被县城里的一个小流氓摸了一下，我和健健义愤填膺，追着那个小流氓在街上把他痛打了一顿。小流氓叫来了同伙，那是一场激战，我的后脑勺被台球棒打得开了一个口子，有鲜血渗出，健健身上也青一块紫一块。但这次"以二敌多"的战争我们并没有输，这件事在很长一段时间内都让我俩觉得自豪，也深觉战斗中加深的情谊会天长地久。

和健健慢慢走远，也像和虎子分开时一样，是我又一次的离开——那是我再次离开县城去市里上学。这次走得稍远一些，我们之间有了五十多公里的距离，只能每年寒暑假的时候见到了。那些个假期，我和健健像少年时那样形影不离，做的事情也无非是打台球、打电子游戏、看电影、吃路边砂锅，惬意无比。

当然，一起做这些事的，还有小军、峰峰、小强等一起。我深切地懂得，一些男人总是离不开他长大的城市，因为那里有他熟悉的生活和知心的朋友，在那里没有解决不了的难题，也没有积郁在心的情绪，因为有朋友可以分担。我也曾是对家乡县城充满无限眷恋的人，但内心总还是有一股力量逼迫着自己往外走，往更远的地方走。

二十岁露头的时候，我离开家乡来了北京，当时觉得北京已经是我能够走到的最远的地方。到了北京之后，我一头扎进了水深火热的生活里去，不仅和健健的联系少了，过去所有的一切，似乎都被隔离于遥远的记忆深处，直到多年后的某一天，突然意识到自己已经基本与过去的生活割裂，内心时而有一些歉疚，想找补一下，但总觉得心有余而力不足。

健健前不久加了我的微信，时不时地聊上一两句，每次总是以他的"我还有事要忙"结束。青少年时期的朋友，还是见面时更有话说，现在的社交软件，更适合于工作和与陌生人交流。亲近的朋友，还是要见面的。去年和我的少年朋友们见了一面。小军看到我的朋友圈知道我回了老家，一通电话把能找到的朋友都找到了。

其中，有一位我觉得不会来的也来了，他就是小强。小强是我少年伙伴们中的一个"惹事精"，经常有不靠谱的言行，但人却是一个真性情的人，特别容易感情外露。有一年因为一点小事，我们在电话里吵了起来，他喝醉了酒，打通我的电话絮叨不止，当时可能我也在为其他事情心烦，说了一句"等你酒醒了之后再打来吧"，然后不礼貌地挂了电话。在我们老家，这种挂电话的方式是非常无礼的。挂了之后心里有些懊悔，但我态度还是强硬的，觉得错不在我。

此后四五年，和小强没有任何联系。偶尔和朋友通电话，问到小强的状况，得到的回答是"挺好的"，朋友们也没有传出小强对我有什么意见。可能是我把这个事情当成大事了，而小强却不以为意。那次见面，没有谈到挂电话的事情。这是人长大了的好处，不会再触碰那些不愉快的话题。但我总想着趁某次喝酒的机会，主动挑起这个话题，看看小强有什么反应。当然，我很有可能会再加上一句："你要是再喝醉酒后打电话没完没了地絮叨，我还挂。"我猜到小强最有可能的反应是哈哈大笑，然后说一个字——"滚！"

上面写到的这三位朋友，疏远肯定是疏远了，这是没有办法的事，但情感还在。尤其珍贵的是，因为时间与空间的阻隔，那些儿时的情感反而被牢固地保鲜起来，再见面的时候，都宛若回到少年时代，谈的都是二三十年前的事，记忆犹新。许多事情说了无数遍，但再聊起来仍然兴高采烈。

按照一年能见一次面的节奏，和我的这几位朋友，这一辈子还能见三四十次，多一点的话，可能四五十次？谁知道呢。但这个想象并不让人悲伤，我们行走在不同的人生道路上，各自有着无法摆脱的生活圈子，能够有时间见面，喝上几杯，聊那么几个小时，已经是无趣人生中难得的美好时光。所以我一直真切地觉得，和我的少年朋友们并没有疏离，只是联系少了而已。也觉得我们的感情，一点儿也没有变质。这让人欣慰。

缝缝补补的故乡

今年春节,回到老家遇到一位年龄最小的堂弟,他见到我的第一句话是:"哥,我以为你今年不会回老家过年了。"

我理解他说的意思。去年我的奶奶去世,我们整个大家庭最重要的情感链接就此断了。堂弟以为我会就此放下所有牵挂,心安理得地当一个过年也不回家的游荡者。

我在心里苦笑,觉得他真是个傻孩子。一位重要的亲人去世了,可家还是家,家里还有岳父岳母、叔叔、姑姑、妹妹、堂弟、外甥、侄子……

总还是有人盼着,从到了腊月就开始问,什么时候回家?得有多狠心,或者多伤心的人,才会与老家一刀两断?

金 婚

今年返乡,最重要的事是给岳父岳母庆祝金婚。他们在一起组织家庭,五十年了。两三年前的春节,聚在一起吃年夜饭的时候，就说到过，等金婚到了，我们一块儿聚齐，好好地庆祝一下。

但不知道为何，临近这个日子的时候，每每想到这件事情，就莫名有些焦虑。众人不知道从哪个渠道知道，我在北京偶尔会做一些"策划"方面的工作，希望我能给岳父岳母的金婚策划一下。我觉得我接到了一个无比艰巨的任务。

拖延症根本不会发生在我身上，但给岳父岳母写的金婚方案与主持词（没错，我要做主持人），直到临行的前一天才硬着头皮完成，很多点子，还是媳妇儿想出来的。

夜深人静的时候，反思了一下自己的情绪，觉得焦虑的来源有两点：一是不喜欢形式感太强的事物；二是不适应公开地表达感情，这两者都会让我觉得尴尬。

这也是我故乡的文化与传统。亲人之间，尤其会对仪式感很强的感情表达活动表示拒绝，哪怕是大年初一拜年，也是"咚"的一声一个响头磕在地上，连句拜年话都不会说。

找到了问题的症结之后，焦虑便云消雾散。

仪式的前一天晚上，喝完酒回到酒店，趁着酒意写了一首献给岳父岳母金婚的诗，第二天便让孩子朗诵出来。果不其然，这个环节大家都很喜欢。诗在故乡，还是比较稀罕的。浓烈的情感，被这刻意夸张的形式冲淡了一些，因此也自然了许多。

岳父岳母虽然开心，但对于这种场面，多少还是有点不自在。好在我已经找到了缓和气氛的方法，问了一些诸如"回看五十年的婚姻，你们彼此给对方打多少分？"这样的问题，岳父岳母很

缝缝补补的故乡 / 161

配合地互相打了一百分，赢得了满堂掌声。

简单的仪式结束，大家如释重负，举起酒杯纷纷吆喝"干杯"。

晚上我睡不着，想起来在酒店用气球布置庆典房间时，不小心吹破了一个很重要的气球字母，便找来透明胶带，仔细地把破裂处黏合起来。

这个举动，让我想到与故乡之间的关系：故乡也是个被吹破的气球，而年年赶来的我，就像是一个创可贴，缝缝补补，仔仔细细，小心翼翼，想要保持它的完整。

二 弟

在老家的近十天时间里，二弟多数时间和我在一起，有时一起喝酒，有时一起打台球，有时一起和我在酒店房间里喝茶，谈了很多话，也交流了很多事情。

二弟是个老实孩子。年轻的时候被人骗去过广东干传销，险些丢了命，逃回来之后就铁了心不出门，踏踏实实在家。

二弟没什么专业技能，在结婚成家的前几年，日子一直过得紧紧巴巴。后来有个机会，从表姑手里盘下了一个紧挨着学校的玩具店，干了两三年时间，存下了一笔钱。再后来学校搬迁，只剩下部分班级在老校区，二弟便转让了老店，新换了间房租更低的店，因为每天营业额太少，经常不开门。

晚上的时候，二弟会出门跑滴滴。在县城，遍地的滴滴，比在大城市好叫车多了。二弟说，有时候一个晚上能跑六十块到一百块，利润大概能有一半。

二弟是个性格很好的人，开朗、幽默、乐观，只要有他在的饭桌上，一晚上都是欢声笑语。我不在家，一向由他来维护十来个堂弟、表弟之间的关系。但很明显，他也觉得越来越吃力了。

二弟永远记得我的生日，因为恰逢准备过年期间，二弟每次都会买一个蛋糕，召集弟弟们一起聚聚，热闹一下。

前面说过，我不喜欢形式感的东西，包括自己的生日，也从来不愿意过，宁可大家都不记得才好。但二弟不管这套，他觉得这是他的义务。

二弟和曾经的我一模一样，总是替人着想，有坚固的讨好型人格，生怕对谁照顾不周。如今我的这个性格已经基本改掉了，但二弟还是找不到改掉的办法。

每次大家庭聚会之后，总会有一些小到不能再小的嫌隙，在三四十口人之间发生。头天晚上的小事，比如拍合影时谁碰了谁一下，被认为是故意的敌视，吃饭结束后有开车的人，拉谁走了没拉谁走，第二天经过演绎，都能新账旧账一起算，先是晚辈之间的事情，后就会演变成长辈之间的事。

我因为痛恨处理这些事，早已选择了无视。但是二弟总觉得责任在肩，勉力支撑了几年，到今年也终于撑不住了，"哥，怎么办，我们这一大家子人怎么办？"

我不知道怎么回答二弟才好。

老　陆

老陆是我中学同学。每个人的同学当中，必然有一个人是土豪，老陆就是我们同学中的土豪。

和老陆上学时关系好，不仅是因为我们有共同语言，能玩到一起去，还因为他当时帮我给喜欢的女同学传过纸条、递过信。中学毕业后，这种事情他还断断续续帮我做了两年。

老陆有一辆摩托车，有次被我借来去走亲戚，结果因为开得太快，闯进了沟里。还车的时候，看着被撞歪的摩托车车把，老陆的脸都气绿了，但一句怪罪的话也没说。

老陆没有考上高中，毕业后在县城开了一个门店，搞装修公司。这是我对老陆的最后印象，直到几年前再见到他，才隐约知道了他的一些传奇。

在县城混不下去后，老陆去了新疆，做一些与化工产品有关的生意。二十世纪九十年代末，化工生意在新疆很好做，老陆积累下人生的第一桶金，也有了一批扎实的人脉。

一个偶然的机会，老陆认识了大企业的一位领导，深得这位领导赏识，后来成为这家企业下属某个分公司的项目负责人，有实权。我们县的领导偶尔知道老陆的这个身份背景，就力邀他回乡投资。带着大企业背景与资金的老陆荣归故里，据他自己说，给县城投了二十多亿。

老陆每天累得要死，而他每天最大的幸福，就是抽空坐电脑边，循环观看秘书给他做的一个PPT，PPT里面都是他在县里做的一些工程图片，这让老陆很满足。

一直和老陆保持松散、清淡的同学关系，很舒适。老陆毕竟是见过世面的人，不黏黏糊糊，说话办事简单利落。

我们少年时常在一起喝酒。现在反而不了，今年春节见面，先是在他的办公室里喝茶，喝到午饭时间，老陆带我去一家路边店，几个人点了一盘馒头，要了一盘驴肉和几碟咸菜，就着一锅汤吃，一滴酒也没喝。这顿饭是我春节吃得最开心的一顿。

老陆也还有讲究的一面，明知道我住的酒店到他那里，步行不过半小时，打车也就几分钟，还是专门安排他的司机来接我。

在老陆硕大的办公室里，他指着玻璃窗外遥远的一片空地，说他已经在那里得到了政府拨的上千亩地，和西安的一家公司合作，要做电子商务基地，搞出口与进口，把生意做到国外去。

如果他的事能做成，对于这个财政收入窘迫、缺乏轻型企业的县城来说，真是个创举。

我开玩笑："你做这个事情，不是为了骗地用和拿政府补贴吧？"老陆着急了，说："你太小看我了。"

老陆说了几回，要把初中的同学叫上，搞一次聚会，但每次也只是说说。和我一样，他可能也是害怕同学聚会。

故乡与蝉

今年春节回乡早,离除夕还有十一天就回去了,以为这样,时间会够用,能有机会一个人闲逛逛。

但是依然忙碌,大年三十的傍晚,我到认识多年的朋友家里喝了两大杯酒之后,才回到岳父家,一起看央视春晚。开场音乐一响起,整个人就全部放松下来。

这台晚会意味着一年当中最重要的时刻来了,也标志着下一个春节又进入了倒计时。

春节、故乡、家……它们让我想起,过去把新小麦放在嘴里咀嚼,吐掉汁液之后,就留下一块黏性很强的"麦胶",夏天用它去粘大树上的蝉,一粘一个准。

蝉打算逃脱,稀薄透明的蝉翼却被牢牢地粘在"麦胶"上。想想那个时候用这种办法捉蝉,真美好。

如果故乡不能给你安慰，异乡就更不能

你躲在故乡街道拥挤的人群中，徜徉在故乡郊外蓝天白云下。你希望不遇到一个熟人，能信步自由地走上几个小时，以便确定自己仍然属于这里。你在外面漂来漂去，一直找不到扎根的地方，而在故乡，虽然你已经连根拔走，但还是想贪婪地把故乡据为己有。

1

每年回乡，都会有一些愿望，比如，到县城电影院门口逛一圈，买几串经营了三十多年的王师傅烤肉串在马路边上吃完，去小书店看原来卖书的清纯小姑娘成了几个孩子的妈……今年回乡的愿望是，把去年想见而没见到的人，都见一遍。

因为受到这个愿望的鼓励，以及去年实现了职业上的自由，所以今年回乡过年，比往年提前了一周多。这意味着，有近半个月的时间，来邀请或拜访亲朋好友们。而见面的最好形式，以及最佳场合，是在某条街道的边上，选一家酒馆，点上几个菜，带上几瓶好酒，边喝边聊。

说是愿望，其实也是内心隐隐的渴望，觉得这会是个温馨、美好、欢乐的瞬间，值得长久地记忆。

这么多年来，每每在匆匆离乡回到寄居的北京之后，想到遗漏没有见到的人，内心总会有一些歉疚感。以前没有分析过这歉疚感究竟从何而来，现在想通了，这种略带点悲伤的感情，源自年龄的增长，以及对时日无多、见一面少一面的恐慌。这种恐慌需要见面来安慰。

我从未扮演过衣锦还乡者的角色，尽管这是年轻时出来闯荡的动力之一。以前在内心深处，一直固执地觉得，在家乡父老面前暴露出虚荣的一面，是件不堪的事情。于是，便竭力地保持以前的样子，到了家就转口说家乡话，永远闭口不谈在外面的事情，包括自己做了什么，等等。但显然，这不是大家所期待看到的样子。

2

故乡如同一个旋涡，你的归来则像一颗水滴，很快就被飞速的旋转带了进去。回乡遭到的第一个打击是，每年此刻都要相聚且聚了近二十年的同学聚会取消了。没人操办和主持，仅有一位同学打电话问："今年还聚吗？""不知道哪。""那我等通知了哈。"

去年，我力挽狂澜地组织了上一届春节同学聚会，人不算太多，有的同学为了不冷场，特意带了朋友来，结果因为有陌生人在，反而真的冷场了。一桌子中年人，酒也喝不动了，没人说醉话，气氛就热不起来，大家连聊上学时那点谁暗恋谁的老梗，都显得兴致不高。那时候就预感到，同学聚会可能无以为继了。

同学聚会带来的后果是，在接下来不到一个月的时间里，我接到了三个同学借钱的微信。一个说做生意手头紧，希望我能拿五十万帮忙周转一下；一个说想在村里买一块宅基地存起来，等有钱的时候盖房子，借钱额度不限，一万两万皆可；还有一位说买车手头缺钱，希望老同学能帮凑一点。好在是用微信交流，不像打电话那么尴尬，三个借钱的同学都被我婉拒了。拒绝的时候觉得自己遵守了某种规则，同时也觉得自己冷漠，心里别扭了一段时间，但最后还是觉得，"救急不救穷"这个规则重要一些。

同学聚不成了，我开始邀请文友，都是二三十年的朋友。一位老友离开了家乡，去了儿子工作的城市，今年春节没有回家过年；一位老友的工厂遭遇火灾，损失了几百万，根本没心情出来喝酒；一位老友和另外一位老友有嫌隙，有一个在，另外一个就不会到场；最后只有一位老友来了，他前段时间中了风，面瘫还没有好利落，戴着口罩穿着大衣来了酒馆。

我带了一个弟弟过来倒酒，另外，还有几位一直认识但没谋过面的文友过来一起聚。但整个晚上，都是我和唯一到来的老友谈论过去的事情。我们回忆过去哪一年哪一场酒喝得最猛，回忆有一次喝多了在大街上把其中一位的自行车扔来扔去，还有他摔倒在街头，我送他一瘸一拐地回家……新来的朋友听得津津有味，席间欢声笑语，老友不顾全桌人的劝阻，坚持喝了一杯白酒。这场酒喝完，我心里踏实了许多。仿佛故乡还在。

后面一个晚上，邀请了少年时的伙伴，加上我一共四位。这真是十来岁时一起晃荡过、知根知底的伙伴啊，也是喝酒时不必提前预约、随叫随到的人。果然，他们都推掉年底要忙的事，准时地来了。

我给他们带了一年多前出版的书。在此之前，我出版的十余本书，从来没送过他们。他们是无数次出现在我文字里的主人公，可我以前莫名其妙地并不想他们读到。现在可以坦然地把自己写的故事交给他们了，也算是我心理建设过程里的一个小小的进步。

他们不读书，对我送的书也不甚感兴趣，撕掉封膜翻翻后就各自放屁股底下坐着了，彼此提醒着喝完酒后别忘了带走。四个少年伙伴，如今都到了中年，但每次见面，都觉得还没有长大，还活在过去的岁月里。那一点点成熟与矜持，仅仅一杯酒下肚之后就荡然无存，关上房门，像少年时那样放肆地大笑，粗鲁地劝酒，把谈论过的那些往事又欢快地复述了一遍——以品尝的名义，在街上吃摆摊老太婆的葡萄，结果一颗没买，被老太婆追着打；逛遍城里的每一栋楼房，捡拾各种废品卖给小贩，换来钱，他们买啤酒，我买书；在游戏厅和社会上的小痞子打得头破血流；为了捍卫其中一个伙伴的姐姐的名誉，在百货公司门前的夜市上和当地最大的混混头子单挑；在工商银行门前的户外卡拉 OK 一块钱一首点唱郑智化的歌……

说这些事情的时候，一位一直催我交稿的话剧公司老板来电，我兴高采烈地说自己终于找到选题了，写我的这几位兄弟，写乡愁，写喜剧，写我逃开又想念的故乡……那位做话剧的朋友说："别吹牛，给你录音了，交不了稿子提头来见。"

酒醒后想到席间说的话，不禁怅然若失。关于故乡，关于少年，关于乡愁，我真的能写出好看的故事吗？在这一点上，我并不自信，因为每当面对熟悉的人与往事，和往常一样，我总是如此迷茫。

3

"故乡，是一个可以把人打回原形的地方。"《看电影》杂志的阿郎在朋友圈发了这么一句话。我愣了几秒钟，给这句话点了个赞。

住在酒店里，换洗的衣服已经快没了。睡得晚起得也晚，醒来已是中午，眼泡已经有些浮肿。懒得刮胡子，洗脸的时候总觉得洗不干净。烟酒的味道在羽绒服的内里流窜。因为上火，嘴角开始溃疡。想到血液里的酒还没有完全消化掉，又要面对迎面而来的酒杯，就充满压力。没由来地想发火，又找不到发火的理由。

面对孩子以及遇到的每一个人，又得换上一副温柔的面孔，装作很自在又开心的样子。每次走进下一个酒局之前,要深深地呼吸一口气,提起全部的精神……"我已是满怀疲惫,眼里是酸楚的泪,那故乡的风和故乡的云,为我抹去创痕",多想像歌里唱的那样,只走在故乡的风里、云里,让故乡抚慰满怀的疲惫。

要用家乡话来与人交流,要用家乡的思维来考虑问题,要用家乡的价值观来评断事物。尽量不使用新语言,也别谈什么新话题,比如特朗普、老虎咬死人之类的,这和故乡无关。

在故乡,只有谈论过去才是安全的、欢快的,只有回到那个空出来但却一直留给你的位置,才是完美的、和谐的。不要冒犯那些已经形成了数十年的规律,不要更新你停留在过去时光里的形象与性格。任何的抵抗和试图改变都是徒劳的,故乡会用它自己的方式,让你乖乖地又沉默地接受一切。

有一个例子,足以证明,故乡在打脸的时候,是火辣辣的,非常疼。

我按照计划去看望孙叔——每年都去看望这位老人,我在故乡工作时的前领导。他退休后,许多当年的年轻人都不再登门了,用他的话说,我是唯一一个"有点良心的"。他在村庄边缘自己的自留地里,盖了几间简陋的房子,盖这几间房子不是为了住,而是为了等待拆迁。拆迁上楼需要十七万才能买到新房,如果不加盖几间房子,征地补偿的钱压根不够付。

站在孙叔的院子里,感到满目狼藉。据孙叔说,某天清晨来了几辆巨大的铲车和上百号人,只花了二十多分钟时间就将他的家园"夷为平地"。孙叔打电话给我，问这事是否可以上访。当时我的回答是，房子是违建，强拆有他们的道理。

但孙叔还是坚持给我寄了封挂号信，希望我能帮他转交给信访部门或媒体。那封信到达时，我在外地。孙叔打电话来问，为了让他安心，我直接说"信已经收到了"。

事实却是，因为没有及时去取，信被退回了，邮局真是太靠谱了。这次春节见面，孙叔问："你不是说信收到了吗，怎么原封不动给退回来了？"我的脸热辣辣的，很疼，想解释一下，却不知道说些什么。也许，这二十三年的感情，因为这个谎言，就掺进了沙子。不知道明年孙叔还愿不愿意见我，愿不愿意给我打开柴门。

这件事情让我耿耿于怀了数天。失眠的时候就拷问自己，是不是我整个人变了。在故乡，绝对不可以做一个言而无信的人，否则，真的会进入一个人的口头历史，成为污点。故乡，就这样简单地把我打回原形，让我思考了很多。这算是个教训，也是个警醒。希望孙叔能原谅我，原谅我的谎言，也原谅我的无能为力。

4

对待一个人最好的方式，就是把最好的给他。这是一个朴素的道理，在故乡也是一个通行的价值观。

受乡村观念和家族生活影响，每年回乡过节，我也尽可能地遵从这一规则,把一年来购买的或者朋友赠送的最好的酒、最好的茶、最可能受欢迎的礼物,塞满了汽车的后备箱带回去。同时为了保险起见,除了带够装满钱包的现金,也给微信、支付宝里充值了自觉够用的金额。

以前会给所有孩子每人买一件新衣。对童年的我们来说,新年收到新衣是最好的礼物,但现在的孩子已经对新衣服熟视无睹,甚至连打开包装看一眼的兴趣都没有,于是近年便转为更直接的红包了。

加在一起,每年有十多家亲戚要一家家地走下去。要费点心思,考虑买什么样的礼物,要考虑品种与数量,要想到是否合对方心意,以及是否会取得欢心。通常最好的表扬是:"你去年送我的酒(茶),我朋友来喝了都说好。"这会鼓励你下一年继续送下去。

我是用城市里学到的礼节,来要求我的亲人、亲戚,而他们则不会如我所愿,用"见外"的方式安慰我一下。这大概也是许多回乡者的痛苦来源之一吧——只有人关心你混得好不好,没有人问过你活得累不累。

但又能怎么办呢?你不能和故乡决裂,哪怕被骂为"凤凰男"也不能。

你躲在故乡街道拥挤的人群中,徜徉在故乡郊外蓝天白云下。你希望不遇到一个熟人,能信步自由地走上几个小时,以便确定自己仍然属于这里。你在外面漂来漂去,一直找不到扎根的地方,而在故乡，虽然你已经连根拔走，但还是想贪婪地把故乡据为己有。

你不能失望，不能抱怨，不能在酒后落泪。你以"成功"的姿态重返故乡，再以"勇敢"的面貌走出故乡。故乡如同把你推出门外的母亲，在你中年的时候仍然教育你"好男儿志在四方"，别忘了"衣锦还乡"。可是故乡却不知道，离开的人，哪怕白发苍苍，在很多时候，仍有一颗孩子的心灵。

如果故乡不能给我们以安慰，那么异乡就更不能。

带你回故乡

我属兔，你也属兔

你二十三岁了，个头一米八五，高过我近乎一头，体重七十五公斤。你在沙发上坐下来，能感觉整个沙发顿时下沉了几厘米，这个时候，同坐在沙发上的我，会往旁边躲一下——你个子高，我压力大。

你和辛巴（家里一只猫）一样，性情憨厚，性格沉稳，眼神无辜，在家中除了占地空间大之外，再无可挑剔之处，有时在客厅通道或者厨房里狭路相逢，通常是我让开。我不能骂你"小兔崽子"了，虽然我属兔，你也属兔。

我在你这个年龄的时候，性格和你完全相反——浮躁飘忽，浅薄易怒，心无定力，努力自我改造二三十年，仍本性难移。在你初中二年级进入青春叛逆期时，我们有过较量，你退让了，但我知道自己胜之不武。没多少人能在少年时打败自己的爹，但你知道，后来我一直鼓励你这么做。

上高中后你寄宿，进入大学后住校，从此我们很少交流，每月除了按时打钱，便不再说话。我不觉得这有什么不对，也不会因此内疚，因为我陪伴过你的童年——在你幼儿时把你装在自行车车筐里，沿着林荫大道骑行；在超市买一盒牛奶，看你喝掉，自己在边上假装很馋；在你上小学时，连续三四年时间，每天晚上陪你聊天至少半个小时……我觉得自己尽到了父亲的责任，尽管用更高的标准看，还远远不够。

一个人的成长，完全没有伤痕是不可能的。我在少年时，在整个沉闷、压抑的家庭氛围里，孤独而倔强地向上生长，像石头缝里的杂草一样，有点风和阳光就好，若遇到一点水的滋润，就是不小的恩情，可供养我生长很长时间。我难免会把过去的恶习，带到你的身边，还好，你竖起了一堵墙，挡住了。对父亲最好的反击，就是用自己的优秀，让他为自己的缺点感到羞赧。

想起在你童年时，我对你讲的那些事，有些是夸夸其谈，把自己些许引以为傲的瞬间，放大无数倍；有些是讲述我们这个家族的苦难史，用开玩笑的口吻（但愿你早已忘记了那些）；有些是根据你提供的一个关键词，随口编一个童话故事；有些则是讲对一些历史人物与事件的看法，顺便教你如何看待并学会正直、平等、公正、客观……

庆幸自己有过这样一段陪伴你的时间，因为我儿时缺乏这样的体验，所以知道这么做的重要性，也相信在我们发生冲突之后，你会想起这些，同时会想起，毕竟有好几次，我对你说过，对不起，爸爸脾气不好。说到这儿，想到你还没对我说过这三个字呢。不过没关系，我度量比较大，再说，搜肠刮肚，也找不出什么值得你说对不起的地方。

要是非得找，初中二年级时，在家里，因为学习上的事情我教训你，你冲上来要和我"练摔跤"，可惜那时你的身高和体重都不够，不然倒下的就是我了。后来，这件事已成笑谈，在对那段往事数以几十遍的复述中，你被塑造成了一个挑战者的英雄形象，虽然我口头上不服，但还是有几次不小心流露了自己的内心：父亲的权威就是用来挑战的，父亲的错误就是用来被推翻的，一个人成熟的关键标志之一，就是有一天可以与父亲平起平坐，推杯换盏。

我们在人世间

二〇〇〇年，"五一"假期期间，一辆绿皮火车在暮色中，从山东一个叫临沂的地方出发，而次日清晨，这辆火车会缓缓地停驻在北京站。

在这辆火车的其中一节车厢里，斜坐着一个还没醒酒的父亲，他整夜都在不停地痛苦地掐着自己的太阳穴。在他为数不多的行李之中，最重的是一包旧书。他旁边坐着一个忧虑重重的母亲——你的妈妈没出过这么远的门，不知那个遥远城市有什么在等待着。她的怀里抱着你，记得出发那天，你来到这个人世间刚满一百天。

你出生那年，我二十四岁，一个年轻的父亲，一个莽撞的浑蛋，一个今天吃饱不为明天忧愁的糊涂虫。在我回老家准备把自己连根拔走的时候，根本搞不清是开心、激动还是失落、悲伤。当你的妈妈在家中收拾好了行李、翘首以盼的时候，我还在和县城里的朋友大喝特喝，醉得不省人事。如果时间重回到那一天，也许我会哪儿都不去，而是向尚且什么事都不懂的你，耐心地解释，我们为什么要离开。

回乡接你的时候，我们已经有两个月没见。在院子里，你的奶奶把你送到我怀中，还未过百天的你，一下子把头扎进我的脖子里，久久不愿抬起来。那一刻，整个院子里的亲人们都在为这个场面发笑，而我则为你有这种对父亲的记忆，你如此亲昵的举动，还有父子之间这种神奇的联系，感到十分惊奇。可惜我没珍惜这样的时刻，没在你第一次离开家之前的那几天，更多地抱抱你，给你更多的安全感。在出发前的最后一刻，我甚至还在家中的院子里，在亲人们的众目睽睽之下，大闹了一场，希望你没有目睹那个场面。

你在北京慢慢长大。我每天骑着自行车，去十几公里外的写字楼上班，而你每天待在一个叫龙王堂的村子里，等我回家吃晚饭。下班路上，我会随手带一个西瓜或一瓶可乐回家，记得我们床底下曾扔满了可乐瓶。周末的时候，我会带你去周边玩，出村的那条小道有些漫长，但每次经过，都觉得快乐。记得有次在村口的小桥转弯处，你坐在玩具车上，由于我在前面用绳子扯动的幅度有点大，你在那儿翻车了，搞得满脸都是土，回家用湿毛巾擦了许久，一张黑土脸逐渐又变得白白的，一点划痕都没有，真是幸运。

我们去长城，去动物园，去石景山公园，在十渡的一座桥上用玩具剑比拼剑法，第一次忐忑地推开麦当劳的门……有一次在地坛公园庙会，一眼没看住，你便消失了踪影，五分钟后，你又从天而降般地找到了我们，那五分钟，是世界上最漫长的五分钟。

初中时，你的学习成绩不理想，总是被叫家长，每次听到电话铃声响起，我都会心惊肉跳，担心打来电话的是班主任。多年之后，你解释了当时没心思学习的原因，说班里气氛压抑，总有同学打小报告，你融入不进去。但在当时，你一句话也不说，从不解释自己不爱学习的原因，如果那时我们都可以多一点勇气，或许可以换一个学校试试。

你的整个初中时期，是我们关系最紧张的时候，这一点，在你中考后到达一个峰值——因为分数低，你面临着失去上高中的机会。那个夏天，我独自跑遍了北京以及周边的多个区县，有时也会开车拉着你去参加考试。后来终于找到一家可以接收的私立学校，但你对此好像并不开心，被录取后去交学费的路上，我对你说了一句狠话："这是我最后一次为你的事操心，以后要靠你自己了。"

好在，在新的高中，你找到了学习的办法。有一次，你把黑板上的考试成绩排名，拍照发给了我，我从照片的最下面开始找，一直找到最上面，才发现第一名的位置是你的名字。那个瞬间，我比挣了一百万还开心。

有翅膀，就去飞

也许有一次，你真的感受到了，"我不愿再为你的事操心"这句话是真的。二〇二一年，新冠疫情进入第二年，纷乱的信息，停滞的生活，让人处于麻木的状态，我也是第一次意识到，大脑已经无法像以前那样高速运转，同时处理很多事情。我对你说，你长大了，有些事情，就自己面对和决定吧。

那年暑假前，你说准备给自己的眼睛做一个手术，解决近视的问题。我说："好，你自己找医院，联系医生，自己去完成这个简单的小手术，我只负责支付费用。家离学校虽然只有几十公里，但中间时常堵车几个小时，我不能陪你去做这些事情了。"这是你第一次处理比较重大的事件，我能觉察到你有一些不自信，但很快你就接受了自己要独立面对的现实，转而去计划和筹备。

你把自己收集到的一些信息通过微信发给我，包括医院的名称、和医生的聊天截图、手术日期的安排、手术费用的支出等。你发过来的每一条信息，都会在几分钟内被我否决——医院不靠谱，网上有不少对它的投诉；医生不可以加患者的微信，更不可以在聊天中进行错误的引导；手术费用高昂不合理……这些判断，通过社会经验可以得到，通过常识也可以得到，而这些你暂时还不具备。

我给你联系了知名的公立医院，找到了主刀医生，问清楚了整个就诊程序和注意事项。在暑假到来后，我开着车，带你去检查、手术、复检，跨省往返，每次上百公里。在车里的那一段段往返路途，给了我们近年来少有的单独相处的时间，有时候长久地不说话，有时候会聊一些日常话题，但我第一次明显感觉到，你不再是一个高中生，而是有了成年人的语气和思维。

长大了，有了自己的翅膀，就要去飞，家是大后方，你随时可以回来。但没想到，在二〇二二年夏天到来之前，你会面临有家不能回的窘境。这一年，新冠疫情使得北京与我们居住的小镇之间的通勤路线被阻断，最长的一段时间，长达近两个月。你在毕业后实习的影视公司那里刚刚得到了转正机会，但因为公司倒闭而失业，被困在北京。

在那两个月的时间里，你独自生活，吃外卖和方便面，喝超市买的矿泉水。大多数时间，你一个人待在房间里，每隔几天，和我们视频通话一次。通过视频，你看见上网课的妹妹，家里顽皮的猫，餐桌上热腾腾的饭菜，你没说什么，但相信没有哪次经历能像这次，让你明白家的意义。回家，在那段时间里，成为一家四口人最大的盼望。

每天都在焦虑地等待，不停搜索两地的政策，期望某天能突然打开一个"窗口"，让两边的人可以流动。在等待的时间里，我不止一次地想,这次你回家后,一定不再给你压力。在家读读书吧,父亲还有能力养活你。旅游恢复了,多到外面看一看,见识一下陌生的地方,领略一些新鲜的风景,充实一下自己的内心。我从小就是野孩子,深山荒野,坟地老宅,哪儿都敢去,胆大包天。如今我变得懦弱胆怯,是因为觉察到了,自己是有"软肋"的人,可我期望你能够野一些,没有野过的青春岁月,算什么呢?

清楚地记得,那天是六一儿童节,你获得了"绿码",可以回家了。担心夜长梦多,商量之后,让你立刻出发,我去检查站这端接你。在路上,每隔几分钟、十几分钟,就会与你联络一次——是否坐上公交车了?下车后找不到出租车,是否可以扫到共享单车?有一个检查站检查比较严,有人被劝返,而另外一个检查站则相对松一些,我给你发了另外一个检查站的定位,让你下公交车后骑自行车去那里。

你没有回复,失去消息长达半个多小时。我感觉自己犯了焦虑症,在路边来回走动,手在微微发抖,没法停下来。远处临时设置的检查大棚,还有几把遮阳伞,在刺眼的阳光照射下,仿佛笼罩了一层白色波纹。过来的人并不多,但每一个经过大棚或者遮阳伞下的人,停留的时间都挺长。我拦住一个背着双肩包的年轻人问:"请问可以顺利地过来吗?"他点了点头表示可以,就匆匆走了。

在十几个人路过后,终于,你从远处向我走来,看见我后对我挥了挥手。碰面后,你对我解释说,骑共享单车和接受检查时,不方便发信息和打电话。我想发火,但瞬间还是把火气压了下去,这可是盼了两个月才见到的人。

那天接你回家,骑的是一辆电动车。你坐上后座之后,电动车顿时被压低不少,动力也显得极为不足,行驶时有点喘不过气的感觉。我把油门拧到最大,父子俩一路欢快地交谈,就这样缓慢地向家中驶去。

想家吗,回家吗

"想家吗?""回家吗?""什么时候回家?"……这么多年来,这样的问话,频繁出现在我们的交流中。在你看来,父母在哪里,哪里就是家;而在我看来,"家"是一个复杂的概念,远远不只是一个可以舒服地吃饭、洗澡、睡觉的地方。

我在的地方,是你的家;而我的家,则在千里之外的一个县城。那个家,我们每年春节都会回去,风雨无阻,就算买不到火车票,挤上去补一张站票也要回去。童年时的你,就有好几次是被我们抱着,一夜站在火车过道里,才得以回到你出生的那个地方。

你出生的地方,却是你的陌生之地。毕竟你才刚满一百天,就离开了那里,一年当中,也只有春节的那几天才会回去。小时候,你不喜欢回老家,说老家没有暖气、太冷,说村子里都是猪粪、牛粪的味道，说地上都是羊屎粒子。我记得有一次带你一起去妈妈的祖坟那儿上坟，你看见路上曲线排列的黑豆似的羊屎粒子之后，一下子跃上我的后背，再也不肯下来。

对于你来说，上坟是一件挺讨厌的事情吧。对我又何尝不是呢？且不说我小时候不喜欢上坟，成年后也不想，每次从县城去偏僻乡村里的祖坟上坟，都是一次艰难的考验，每次上完坟离开，我都有种如释重负的感觉。但是，又怎么能不去呢？那些埋在土下的人，是我们的亲人，是我们的来路，逢年过节的时候，又怎能忍心让他们的坟头孤零零……

所以，每次回乡，我都会带你去上坟。幼时你不懂，抱着也便去了；上初中时你不想去，被呵斥一句，也就不情愿地跟着去了。我知道，现在的你依然是不愿意去的，只是，这已经成为习惯，你会沉默地跟随着我们，不说什么，也不抱怨。

今年夏天，雨水过后，庄稼疯长。我们穿过一片稀薄的烂泥地，去祖坟上坟。没有道路可走——田埂都被泡得软绵绵的，失去了形状，要踩在成团的野草上，人才不会陷下去。阔大的玉米叶子，在拉扯着人的胳膊；长长的豆苗枝蔓，想要捆住人的裤腿。我还没走几十米，就一脚踏进了泥坑里，再拔出脚来，鞋子已经变成了"黑泥鳅"。

我提醒着你，注意一点，但纵然是武林高手，也没法片叶不沾身地穿过这片烂泥地。你比我多坚持了几十米，还是一个趔趄，脚踩进泥坑，手也按进了脏泥里。那一瞬间，你有些崩溃，但仍然咬牙不说。你"呼哧呼哧"喘着粗气，满腔都是无法发泄的愤怒，像个被惹急了的孩子。放在以前，我会教训你几句，但这次，我的脾气明显变好了，只是用很柔和的声音跟你说，这是无法避免的，下次我们再来，带着长筒雨靴。

上完坟后，回到三叔的院子里，我打来一盆清水，让你脱下鞋子洗脚，我去给你冲刷鞋子。洗鞋子我是高手，总是能洗得干干净净、片泥不沾。当你坐在凳子上，用脚后跟作为支撑，等着脚和腿晾干时，我拿来毛巾扔给你，让你擦干净，然后从口袋里摸出一张随身携带的消毒纸巾，蹲下来，给你腿上被擦出的细微血痕消毒，你的三叔在旁边笑吟吟地看着，突然说出了一句，大哥还像以前似的，对小孩照顾得这么细心……

你的三叔，是我的三弟，他也从当年的小毛头，成为现在两个孩子的爸爸。我看见你和他交谈的时候，已经有了亲人的感觉，和以前的状态不一样了。以前总是他们问一句，你答一句，而现在，好像你更希望能和他们多聊一点什么，多了解一点什么。关于我们这个家庭，关于故乡的村子和县城，你仿佛产生了兴趣。

一个老问题

我又开始想那个老问题了，该怎么对你讲一个人的出生与成长、故乡与他乡、家与远方呢？也许不用讲了，这几年你读了不少书，应该自己找到了答案。

一个人，就该这样慢慢地去寻找所有自己关心的问题的答案。而一个父亲，在他觉察到自己渐渐老去的时候，就应该选择退后，把掌握方向盘的责任，交给他的后代。

我现在就是这样。在你拿到驾照后，再遇到酒局，我就可以放心地喝酒了，再也不用找代驾。无论在北京还是老家，喝完酒之后，我打开车后门，把鞋子脱掉，横着往座位上一躺，刷着手机听着歌，任你开车把我拉回家去。

躺在后座上的时候，心里很踏实、安宁，丝毫不担心你的驾驶水平。你能迅速发现红绿灯的变化，知道什么时候踩油门和刹车最合理，开车时从不斗气，也从不像我那样，有一只手握着方向盘另一只手放在挡把上的毛病。

我还想，父亲在年轻时带孩子东奔西跑，孩子在长大后带父亲东奔西跑，这是多么顺理成章的一件事啊。只是，还有一件事我没想好，接下来的岁月，我们是停留在原地，还是换一个地方，抑或带你回故乡生活？

那个县城，以前带你回去，是为了让你去爸爸长大的地方走一走，看一看，顺便与那个地方建立一下感情。现在，如果我回去了，你不回去，那意味着在人生的又一程当中，我们要暂时地分开。可如果你也回去，我是不甘心的。

不管那么多了，现在你有了自己人生的方向盘，你爱往哪里去，就往哪里去吧。

给某某的信，兼致故乡

××：

1

从郯城老家回来的第二天，就坐在了书房里，开始给你写这封信。一边写，一边喝着热水——那天爬马陵山的时候风太大，而我又盲目自信地只穿了衬衣和一件薄西装。

不过挺感谢那几天的风，把老家的天都吹蓝了，使它最美的一面展现在了朋友们的面前。

和以往不一样，踏上这趟"故乡行"的除了我，还有五个人，他们是我在北京结识的朋友，有的认识近二十年，时间最短的也有十年以上。带我于北京认识的最好的朋友，来见我在老家最好的朋友，这是件奇妙的事情。

说真的，我有些忐忑，总担心自己的家乡不够美，不够好，没法给初次来的朋友留下深刻印象。但这种忐忑从一下飞机踏上故土之后，就彻底消失了。对于亲近的朋友来说，美与好，都是宽泛而言的，当你带着一定的情感浓度，去观察一片土地、一个乡村、一个城市以及一个人的时候，美与好的基调基本就奠定了。

算下来，离开老家成为一名"北漂"已经十八年了。当初走的时候，还是一个在送行酒后趴在地上哭得死去活来的小年轻，现在已经是一个一半以上头发都变白的中年人。

而我的身份，也从一个家乡的"出走者""背叛者"，变成了一个"回归者"。作为一个"不停寻找故乡的人"，这些年我一直在做无谓的努力，无论是精神的故乡，还是肉体的故乡，都没有安身立命之地。在"麦兜"的故事里，幼儿园的园长爷爷说着一口地道的山东话，他有一句口头禅，"回——老——家"，语速像《疯狂动物城》中的树懒说话一样慢。

故乡，真的是一个人最后的避难所吗？

2

故乡是旧的。不知道你是否认同这个说法。

帕慕克所写的《伊斯坦布尔》中，他的故乡是旧的。在这本书里，帕慕克把伊斯坦布尔变成了他一个人的城市，他在通过文字吟唱一个消失的故乡，如此便了解了，为何整本书中都弥漫着他所说的"呼愁"。

阿摩司·奥兹所写的《爱与黑暗的故事》，他笔下的耶路撒冷也是旧的,不但旧,而且散发着寒意。但正是这么一个城市,调动了他所有的温情,他试图以自己的体温,来让这个城市在记忆里变成暖色调。这么一位优秀的作家,也不愿直白地说出内心的隐伤,他铺洒文字来还原故乡的人、景物与记忆,来掩饰母亲去世带给他的伤痛。比如,花费数页来描写一个男孩从树上摔下来的情形,如此普通的一个细节,也被他写得令人着迷。

中国的作家也喜欢写故乡,老一辈如沈从文写凤凰,老舍写北京,鲁迅写绍兴……当代作家如莫言写高密,贾平凹写商洛,刘震云写延津……

故乡主题在文学中正在消失。"70后"作家写故乡就少了,即便写,也多是评论体,带着批判与审视;"80后"爱写诗与远方;"90后"则把重点转移到玄幻、穿越、架空写作中,他们的故乡在互联网上;"00后"以及"10后"的孩子们,也许会好奇地问:"什么叫故乡?"

我来描绘故乡的话,脑海里会出现这样的场景:电影院门前还是最热闹的地方,街道地面上落着人们嚼甘蔗吐下的皮;老县医院斜对面的那几间平房,除了换过几片新瓦,看不出其他翻新的痕迹;路过护城河桥的时候,仿佛还能看到爷爷在那里摆书摊;往北看,一中放了学的学生骑着自行车潮水一样涌了过来,男生变着花样在女生面前炫耀车技,车铃铛声响彻整个街面;公园门前人迹罕见,只有一个卖糖葫芦的人莫名其妙地守在那里……

可是这次看到的老家,却是一个新的。公园成了一个新的公园,那尊被放在老汽车站的郏子塑像,在新公园这个"家"里,显得气派了许多。公园里的那截老城墙没了,记得刚工作时,我和老蒋、小马,以及我们三个人的女朋友,就曾爬上过这段老城墙,或倚或靠或站,散漫地聊着天,说着关于未来的事情,但显然那时并不明确未来是什么样子。

这次没有见到老蒋。你可记得二十年前我们参加他婚礼的情形?时间比现在这个节点还要晚一些,都是五月份了,突然下起来了冷雨,从他婚礼现场离开回县城的时候,坐了几个人的三轮车开始掉链子,每开几百米就要停下来,用手把布满油污的链条重新装上,当司机太冷了,我们轮流地开车,为了保暖,头上罩着一个超市的购物袋,在袋子上掏了两个洞,以便能看清前面的路,每次交接这个很特殊的"头盔"的时候,便忍不住哈哈大笑。这些年轻时候的记忆,固执地霸占在我的脑海,不管后来装进多少东西,都没法把它覆盖。

新村的银杏古梅园也变成了新的。我们这次去的时候,园内园外都在装修。上一次来这里,差不多也是二十多年前了。我带刚认识不久的女朋友,来这里拜佛。进园子里的时候,把刚买来的一兜四五斤的苹果放在了一棵大树下,打算拜完佛回来取。你知道吧?那是我此生第一次、也是唯一一次在一尊佛像面前长久地跪拜……结果如你所想,再回来时,那棵树下已经空空如也。心里仿佛丢了一小块东西,但不是为了那兜苹果心疼。

重修中的古梅园,一样没法掩饰它的美。那棵两千多年的"老神树"依然是一副生命力极其旺盛的样子，每一片叶子都绿油油的，风吹过来，距离它一米左右的样子便停了，没有树叶彼此交谈造成的喧哗——因为寂静，让人心安。我们六个朋友，手拉手刚好环抱"老神树"躯干一周，据说这样的"仪式"，能让人升官发财——那就让"老神树"保佑我们发财吧。

园内的广福寺，寺门关闭着，不像是有僧人的样子，打算离开的时候，厚重的院门居然被风吹开了一条缝，同行的朋友发现了，说既然向咱们发出了邀请，就一块进去看看吧。推开门后的景象，让我们有些吃惊，造型奇特的古树刚刚发出新芽，在蔚蓝的天空下，摆出了一个廊道的造型，这些树让人相信，它们就是一千年栽下的。树也是有情感的，它们在一片新建的寺庙建筑中间，营造出了一种让人震撼的古意。这种古意中，带着威严，有些清冷，让人敬畏，也让人留恋。

3

对于老家，在很长一段时间里我有着复杂的情感。古人说"近乡情更怯"，这种情怯的感觉我体会了十多年。你不曾远离故土这么久，也许没有更深的体会。

之所以现在不再有情怯的感觉，是因为经过漫长的、痛苦的撕扯，我总算明白了自己与老家的真实关系，也寻找到了那些曾让我不安的源头，一切都是因为一个"故"字。

因为太眷恋"故"这个字，所以一直觉得，那些古老的、不变的事物，才是熟悉的、亲近的、安全的，每每回到老家，就会一头扎进那个由"故"组成的小圆圈里，体会着幸福，也体会着疼。

在故乡，有一个序列，在这个序列当中，有一个属于你的位置，不管你走多远，这个位置都会为你保留，只要回来，你就要填补进来，成为这个序列运转的一部分，发挥你的作用，承接你的责任。

可是，你知道的，这个时代变化迅速。故乡在变，离开故乡的人也在变，这两种变化交织在一起，就会构成一个巨大的、让人茫然的空间，那个固定的序列，也会遭到强烈的冲击，这个时候，想躲避疼，是不可能的。"故乡有时候像母亲推开儿子一样，会逼着你远行，让你带着疼想她。"

这么多年，每每回乡，总会感受到身份困惑。

比如这次回来，大家一起吃饭，到了敬酒的环节，我就不知道该先以本地人的身份敬我带来的外地朋友，还是以"归乡客"的身份敬热情招待我们的朋友……外地朋友和本地朋友进行了短暂而热烈的讨论，那我就"先干为敬"吧。

必须有新的办法，来重建与故乡的关系，找到自己的身份。这个办法我找到了，就是用最大的热情，来拥抱一个崭新的故乡，无视一切评价体系，像到任何一个自己喜欢的旅游目的地那样，充满好奇与喜悦地打量故乡。

一个新的城市，正在从老城脱胎出来。新的城市里，有沿河兴建的湿地公园，有跑道、游乐场、书店、咖啡馆、闪着霓虹的商店……当你站在局部的角度去看的时候，会错觉这里是生活过的大城市。

我要承认，产生回乡度过余生的念头，真的是因为看到这些新环境的产生。家乡新城的诞生，似乎为故乡人与漂泊者这两个身份，提供了一个黏合的机会。

导演贾樟柯二〇一七年的时候决心逃离北京，回归故乡。他在位于山西汾阳的贾家庄，开了一家电影院，开了一家名为"山河故人"的饭馆。他喜欢这种生活：三五杯酒后，朋友们呼唤他的小名"赖赖"，告诉他应该要个孩子，他们为他的老年担忧。贾樟柯说，"只有在老友前，我才可以也是一个弱者，他们不关心电影，电影跟他们没有关系，他们担心我的生活，我与他们有关。"

"很多人逃避自己来的一个路，来的一个方向，尽量地割断自己跟过去的联系，我自己就不喜欢这样。"贾樟柯写了一篇还乡文——《我们真的能彼此不顾、各奔前程吗？》，文章里细细描写了他重访高中同学的故事，回忆了高中时在故乡的生活情境。他在文章里这样写："我决定把今天的事情忘记，从此以柔软面对世界。是啊，少年无知的强硬，怎么也抵不过刀的锋利。"

写出过《周瑜的火车》等著名小说的作家北村，也在二〇一七年离开生活了十六年的北京，回到福建长汀的家乡，开网店售卖当地的原生态农产品，他用自己数部小说作品的名字，来命名他销售的各种禽蛋、农作物。

文史作家十年砍柴,老家是湖南新邵,他有两篇与故乡有关的文章读着令人动容,分别是怀念父亲与祭奠母亲的文章。为了满足父母的愿望,他回乡在老屋地基上新建了楼房,父母的离世,并没有切断他与故乡的联系。在人生进入下半场的时候,故乡的亲人,还有那片土地上的一切,都成为生命里的重中之重。

我想,我会追随他们的脚步。

4

这次"故乡行"有两站——郯城和临沂,离开郯城后我们去了临沂。在同行朋友的想象里,临沂是个山沟沟里的城市,可一接近沂河大桥,他们就不断地发出感叹,"我们是到了深圳吗""感觉像到了曼哈顿""有点儿接近伦敦了"……几乎所有紧邻大江大河的世界都市,被他们数了一遍。沂蒙山老区的城市新形象,彻底颠覆了他们的固有印象。

而这座城市里唯一的一所大学,一百五十二万平方米的占地面积,以及齐全的硬件设施,也让我们一行人感到不可思议。——这就是快速变化的故乡,它建设的速度,远远超过我们的想象速度,我们需要多花一点时间,才能慢慢再次熟悉起来。

去参加晚宴的时候,穿过灯火辉煌的新城,逐渐进入老城,即丘路、金雀山路、银雀山路、小埠东、蓝天大厦……过去在这里生活的三年时光，全部浮现了出来。在朋友车里的时候，谈到我们一些共同的但已经逝去的朋友，情绪有些黯然。谈到什么才是最好的纪念，答案是，唯有不遗忘才是最好的怀念，唯有被记得的才是有意义的，忘了，就一切都不存在了。

在临沂，印象最深刻的是去了今年七十多岁的作家王兆军先生归乡后开设的东夷书院。他为两个村庄撰写并出版了村史，一本叫《黑墩屯》，一本叫《朱陈》。仿佛这样还不够，几年的秋天，他与夫人一起离开生活多年的北京，回到山东老家的村庄，开设了乡村书院，被他称为是"当代中国最小的书院"。他实现了一个文化人的终极理想：归乡，隐居，办学，阅读，写作。对于多数抱有这种理想的人而言，这是一种奢侈。

王兆军先生敲起了书院的钟声欢迎我们，那段小视频我看了十几遍，每次看，心里都无比感动。在乡村办学，因为受交通、资金、观念等各方面的影响，遭遇的困难与压力是可想而知的，但老先生仍然坚持把学院办了下来，并且没有接受一些"可以把学校做得更大"的条件，他坚持哪怕是所乡村书院，也要把"平等、自由、沟通"的精神传递到所有学生那里。

5

信写到这里，应该可以结束了。但你知道，有些内容是不用写的。

年轻的时候，我以为，要逃就逃得远远的。当时，我觉得北京最远，现在想想真是幼稚，不到七百公里，坐飞机上，空姐发的矿泉水还没喝几口就降落了。这几年，由往年的每年春节回乡，已经变成了周末回乡，假期回乡，多的时候，一年要回去五六次。

我很开心能用这次回乡时的精神与面貌来面对老家。不是我变得自信了，而是学会了接受一切，能够做到平静地看待事物的发生与变化。如同一位电影导演所说的那样，"让故事发生"，这简单的五个字，蕴含了太多的道理，也包含了最简单的解决办法。

我们都变得客气起来，也真实起来。客气是我在外面学到的，是因为有人在不断教我，哪怕面对最亲近的人，也要真诚地表达谢意，这不是推远距离，而是让对方感受到情感。真实，恐怕是我们各自成长过程中积累下来的。如果不能用"真实"来面对故乡，就会面临浅薄的虚荣、无用的虚伪、尴尬的躲避等带来的折磨。

因为不真实，我曾一次次在故乡被打回原形。

这次好了，这是真正的原形，是你认识了快三十年的朋友。愿回故乡时还是少年，我争取做到，尽管胸腔里藏着的，是一颗逐渐变得迟钝起来的中年心脏。

跋一：故乡是杯烈酒

王小帅在出版《薄薄的故乡》时说了句，他是"无故乡的人"。而像我这样有故乡但一直心神不宁的人来说，多了些牵挂，少了些洒脱。我把这些牵挂写进《世间的陀螺》里，在给朋友题签时，想到了一句话："故乡是杯烈酒，不能一饮而尽。"

关于故乡，总是一言难尽，写出来，却又避免不了情深言浅。一度犹豫要不要把这个主题继续写下去，觉得所要写的内容更多还是偏于个人体验，担心别人读了会有厌烦。但往往在交完一篇稿后，编辑总会与我讨论一番，她觉得稿子里所描述的亲情困扰与故乡情结，让她很有共鸣。这让我想到：是不是还有很多人与我一样，在深夜难眠的时候，脑海中会被往事填满，把过去想不通的事，想了一遍又一遍？于是，我决定接着写。

不少写作者对写亲人与故乡存有障碍。这是自古以来的一个传统，没有哪个国家的文学，会像中国这样，对亲人与故乡有如此强烈的美饰意愿。诗人、作家们可以用一支笔指点江山、激扬文字，可一触及亲情与家乡，就会立刻英雄气短。这大概与长期的情感教育与情感表达惯性有关。再往深处看，能发现不少文化与心理层面上的有趣点。

前几年春节时，流行过"返乡笔记"之类的故乡写作主题，有几篇风靡一时。但后来因为有的文章过于追求煽情，片面表达甚至抹黑式地描写，激起了读者的反感，于是这一写作热点从去年开始降温了不少。对于乡村的落后以及人际关系的紧张、破裂，有些叙述是真实的，有些则是夸张的。如果找不到公正、客观的写作角度，故乡在笔下，会产生变形，那不是我们曾经生活过的真实的地方。

在我们的想法里，父母、家庭、亲情、出生地、食物、风俗等，统一会被冠以"故乡"的名义。很多时候我们在谈论故乡时，具体的指向却是模糊的、混淆的，因为对某一点的热爱或反感，很容易对整个"故乡"概念的全盘美化或全盘否定。所以，在这一领域的写作过程中，作者必须要厘清自己与创作对象之间的距离与关系，用理性的笔触去写很感性的人与事物。

有光的地方必然有影子，唯有两者都在，才是立体的、真实的。在写完个别篇章发给朋友看的时候，有的朋友会不敢看，那是因为他发现了影子的存在——是传统中对于美好事物背面必然存在的阴影的某种恐惧。我不觉得恐惧，虽然在十多年前，哪怕不写，只是想一想，就有全身颤抖的感觉，但写作让我战胜了这种恐惧。完成这本书的主要篇章后，一身轻松，我达到了自己的目的，不管别人怎么看、怎么想。

阿摩司·奥兹的作品《爱与黑暗的故事》中，绝大多数的篇幅里，都是在写爱——以及这个字所包含的阳光、温暖、美好。在涉及"黑暗"的时候，他的笔触没有躲避也没有变得柔软，而是用冷峻的态度把它表达了出来。这部作品之所以打动人，在于六十多岁时的奥兹，找到了表达的方式与勇气，他以一个孩子的身份重返童年，记录了他所经历的种种。用六十多岁的睿智与接纳，去化解曾经的困扰，这已经不再是难题了，所以在这部作品里，尽管有阴影，但读者却感受不到任何恐惧与悲伤。

那些敢于触碰内心柔软处、敏感处的写作者，其实不是勇敢，也不是强大，在他们看来，这是一种水到渠成、自然而然的事情。可以平和地接受发生在自己身上的一切经历，并坦诚地写下来，就必然会有人觉得，这样的故事或情感都不是孤立的，而是普遍存在的。尤其是生活在同一个时代、经历过共同历史的人，往往会有惊人一致的体验，会共同去思考：祖辈、父辈为什么会留下令如此庞大人群都感到熟悉的共同记忆遗产，而我们为何又会按照某种生活方式、思考方式，这样继续地生存下去？

故乡真的是一杯烈酒，要小口小口地啜饮。从前我不这么认为，在离乡的二十年间，每每回到故乡，总是过于激动，总是想把这杯酒一口喝干，结果付出的代价是头晕目眩、身心俱伤、疲惫不堪。而现在，我已经学会了举杯端详，慢慢喝下，在体会与回味中，故乡似乎也变得那么柔软、亲切。

其实故乡一直没有变，而是在外面的人变了。与故乡之间的关系，不取决于故乡，而在于游子的心。我明白这一点时，四十四岁。

跋二：面对故乡，沉默就好

春节返乡，听三叔讲了一件好玩的事：村里刘家大爷砍了我家田边种的三棵树去当了房梁，三叔与他起了争执，刘大爷说树是在他家地里长高的，三叔认为树的幼苗是在我家地里栽下的。争论的结果是，刘大爷承认树砍错了。"哪天浩月回老家要盖房了，我赔他三棵树就是。"他说。

那三棵树被我父母栽下，是三十五年前的事，而我离开出生的村子，也超过三十年了。刘大爷的话让我有些感动，因为对于过去的事情他还认。他答应未来某一天，赔我三棵树，这是一种可能性，更是一种承诺，我信。在他的观念里，他的意识里，我仍然属于那个村子，村子里依然还有我的位置，只要我回到那个位置上，树还是会有的。

每年回乡，上坟是避免不了的仪式活动。在对待去世的亲人方面，后代们依然会表达出自己的亲疏远近——那些疼爱、照顾过自己很多的亲人，会得到更多的纸钱与其他的祭品，"好的都给你"。每年上坟时，我的父亲属于要独占一半纸钱与祭品的人，每个给他上坟的人,平辈兄弟也好,儿女、侄孙也好,都会格外"偏袒"他。甚至邻近的坟前有人烧纸,也会给递过来几张。父亲离世了,但他在乡村与家族里的位置,一直都还在。

我承认这是乡村令我着迷的一个地方。那里有着属于自己的规律,在沉默而有力地运转着。县城已经很城市化了,受城市文明与科技思潮的冲击很大,但与县城有着十几公里距离的村子还保持着几十年前的样子,有让人不喜欢的死板、固执、呆滞,也有让人喜欢的人情、道理、规则。我对乡村又怕又爱,两种感情时而向左,时而向右,时而又交织在一起难以分辨,至今难以厘清眉目。《世间的陀螺》这本书的主要篇章,就是在这样的背景下写出的。

我还没来得及像梁鸿写《中国在梁庄》那样,写老贵叔、建坤婶、五奶奶……我想先写我的亲人,他们有的已经离开人世,多数还在老家那个地方生活。最先写了英年早逝的四叔,他身上的美好品质令我印象深刻,苦难的生活消磨掉了他的躯体与健康,但他的灵魂始终保持纯真如玉。

在生命最后的日子里,他有一段时间在各个村庄流浪,那是他少有的自由生活,那段自由时光,是对他辛劳一生的回馈,也是对他短暂生命的美好总结。写完了四叔之后,感觉与他进行了一场坦诚的对话,在对话里,我有些明亮的念头被点燃了。

爷爷、奶奶去世的时候,分别写了他们的一生,在堆积的记忆里,抽出那些与我有关的片段,交织成感性的文字。写固守在乡村不愿走出来的三叔，写在县城里"激烈"地活着的六叔，写村里与我当过同学的四哥，最后才有勇气写父亲、母亲。

我把写好的文章发给朋友看，得到的反馈是"不敢看"，于是我知道自己触碰到了以往自己心灵深处一些不愿面对的问题。在别人看来，这些文字或许是描述了一些"亲情困境"，但对我而言，写完之后却获得了巨大的内心宁静。从祖辈到父辈再到我辈，三代人在这人世间始终都如陀螺一样奋力地、疲劳地、无奈地旋转着，我想让这枚生命当中无形存在的陀螺停止旋转，哪怕倾斜倒立一边。

我曾经以为故乡是那片几十平方公里的地方，其实不然，更多的时候，人们心里的"故乡"概念，其实是由身边的几十位上百位亲朋好友组成。你对故乡的爱与焦灼，疼痛与不舍，愤怒与挣扎，很多时候都源自这几十人上百人带给你的影响。

你困惑于他们的语言迷局，挣扎于他们的情感网络，没法从自我的角度清醒地审视与判断，因为你本身也是这旋转着的陀螺的一部分，哪怕独立了，走远了，不自觉间，仍然偶尔会有失重感、晕眩感。我想通过文字来梳理与亲人之间的关系，厘清与故乡之间的距离，并尝试在亲人与故乡中间，重建一种我认为可以更持久的联系。

与故乡在物理层面上的联系，是可以舍弃的，而精神层面上的联系，却是无法割舍的，哪怕有痛苦的成分，也会在某一个阶段化解，转变成一种深沉的情感。从逃离者，到批判者，再到回归者，我用了二十年的时间，完成了这三个身份的转换。无论我在不同时期用怎样的立场与角度看故乡，故乡都始终用一种眼光打量我。

电影《杰出公民》里有一句台词："故乡，是可以把每个人都打回原形的地方。"第一次听到这句话，感觉整个人被击中。或许正是因为如此，近两年，回乡的冲动已经有了事实上的准备与行动。

我想给亲人与故乡立一个小传，它不尽完善，也不是传统意义上的美文，力求真实的同时，肯定也会有些许的疼痛感，但我不愿意朋友们不敢读它。读完之后，有关亲人与故乡的话题，我们以后喝酒时便不用聊了，沉默就好。

图书在版编目（CIP）数据

在往事里走动的人 / 韩浩月著. --北京：现代出版社, 2024.11 -- ISBN 978-7-5231-1114-7

Ⅰ.I267

中国国家版本馆CIP数据核字第2024PL8325号

在往事里走动的人
ZAI WANGSHI LI ZOUDONG DE REN

作　　者　　韩浩月

责任编辑	毕椿岚
责任印制	贾子珍
出版发行	现代出版社
地　　址	北京市安定门外安华里504号
邮政编码	100011
电　　话	(010) 64267325
传　　真	(010) 64245264
网　　址	www.1980xd.com
印　　刷	三河市宏盛印务有限公司
开　　本	880mm×1230mm　1/32
印　　张	6.75
字　　数	133千字
版　　次	2025年1月第1版　2025年1月第1次印刷
书　　号	ISBN 978-7-5231-1114-7
定　　价	45.00元

版权所有，翻印必究；未经许可，不得转载